Esther Gilvray
3/4/92 4pm.

COLLECTION FOLIO

Henri Pierre Roché

Jules et Jim

Gallimard

En 1907, à Paris, Jules, d'Europe centrale, et Jim, Français, se rencontrent et sont frappés d'une amitié coup de foudre. Tous les deux sont écrivains. L'auteur ne nous parle pas de leurs œuvres, simplement de leurs femmes.

Il en passe beaucoup dans leur vie, toutes très belles, que tantôt ils trouvent seuls, tantôt ils se donnent l'un à l'autre : car chacun ne désire rien tant que rendre son ami heureux. Et l'on découvre le vrai sujet du livre : l'amitié de Jules et de Jim.

Après Lucie, Gertrude, Odile, Magda, arrive Kathe, la plus belle, la plus violente aussi.

Kathe aime d'abord Jules, l'épouse. Elle est sur le point de le quitter pour un autre homme. Mais elle se met à aimer Jim, et ils se fiancent avec la bénédiction de Jules.

Alors s'ouvre pour eux une ère de bonheur et de doute, de jalousies et de talions, de grandes oasis de paradis et d'enfers. Jules les aide de tout son cœur.

Kathe finit par noyer Jim et elle-même dans un accident volontaire d'auto. " Comme tout est plus simple à présent ", se dit Jules.

Jules et Jim *est un roman prenant, essoufflant avec son air tranquille. Il traite sans réserve de l'amour et de la chair.*

Malgré sa fin tragique il respire l'allégresse, l'humour, la plénitude.

Jules et Jim est l'exemple d'un cas très rare en littérature : un premier roman écrit à l'âge de soixante-quatorze ans ! Son auteur, Henri Pierre Roché, né en 1879, avait partagé entre les lettres, la peinture, les voyages, une vie de dilettante.

Pendant la guerre de 1914-1918 il est correspondant du *Temps* puis attaché au Haut-Commissariat français à Washington. Il a vécu plusieurs années en Amérique, en Angleterre, en Allemagne et en Orient.

On lui doit la traduction d'œuvres de Peter Altenberg, de Schnitzler, de Keyserling et de poèmes chinois dans leur version anglaise qui ont été mis en musique par Albert Roussel et Fred Barlow. Il est l'auteur d'un *Don Juan* publié à La Sirène sous le pseudonyme de Jean Roc. Il a donné des contes au *Mercure de France,* à *Vers et Prose* et à *L'Ermitage.*

Peintre lui-même et élève de l'Atelier Julian, il a fréquenté les grands peintres cubistes et a ménagé la rencontre de Picasso et de Gertrude Stein.

A soixante-quatorze ans, donc, il écrit *Jules et Jim,* puis *Deux Anglaises et le Continent.* Il meurt en 1959 avant d'avoir vu le film de Truffaut illustrant *Jules et Jim* et qui a fait connaître et aimer son roman à un très grand public.

I

JULES ET JIM

I

JULES ET JIM

C'était vers 1907.

Le petit et rond Jules, étranger à Paris, avait demandé au grand et mince Jim, qu'il connaissait à peine, de le faire entrer au bal des Quat-z'Arts, et Jim lui avait procuré une carte et l'avait emmené chez le costumier. C'est pendant que Jules fouillait doucement parmi les étoffes et choisissait un simple costume d'esclave que naquit l'amitié de Jim pour Jules. Elle crût pendant le bal, où Jules fut tranquille, avec des yeux comme des boules, pleins d'humour et de tendresse.

Le lendemain ils eurent leur première vraie conversation. Jules n'avait pas de femme dans sa vie parisienne et il en souhaitait une. Jim en avait plusieurs. Il lui fit rencontrer une jeune musicienne. Le début sembla favorable. Jules fut un peu amoureux une semaine, et elle aussi. Puis Jules la trouva trop cérébrale, et elle le trouva ironique et placide.

Jules et Jim se virent tous les jours. Chacun enseignait à l'autre, jusque tard dans la nuit, sa langue et sa littérature. Ils se montraient leurs poèmes, et ils traduisaient ensemble. Ils causaient, sans hâte, et aucun des deux n'avait jamais trouvé un auditeur si attentif. Les habitués du bar leur prêtèrent bientôt, à leur insu, des mœurs spéciales.

Jim introduisit Jules dans des cafés littéraires où fréquentaient des célébrités. Jules y fut apprécié et Jim en fut content. Jim avait une camarade, dans un de ces cafés, une jolie petite femme désinvolte, qui tenait le coup aux Halles mieux que les poètes, jusqu'à six heures du matin. Elle distribuait, de haut, ses faveurs brèves. Elle conservait, à travers tout, une liberté hors la loi et un esprit rapide qui frappait juste. Ils eurent des sorties à trois. Elle déconcertait Jules, qu'elle trouvait gentil, mais ballot. Il la jugeait remarquable, mais terrible. Elle amena pour Jules une amie bonasse, mais Jules la trouva bonasse.

Jim ne put donc rien pour Jules. Il l'engagea à chercher seul. Jules, peut-être gêné par son français encore imparfait, échouait toujours. Jim dit à Jules : Ce n'est pas une question de langue.

Et il lui exposa des principes.

— Autant me prêter vos souliers, ou vos gants de boxe, dit Jules, tout cela est trop grand pour moi.

Jules, malgré l'avis de Jim, prit contact avec des professionnelles, sans y trouver satisfaction.

Ils se rabattirent sur leurs traductions et sur leurs entretiens.

II

JIM A MUNICH

Sur ces entrefaites la mère de Jules, assez âgée, encore vive, vint d'Europe centrale voir son fils à Paris. Ce fut un souci pour Jules. Elle examinait son linge et voulait qu'il ne manquât pas un bouton. Elle emmena Jules et Jim dîner dans les meilleurs restaurants, mais elle désirait que tous deux fussent en redingote, avec des hauts-de-forme. Effort considérable pour Jules. — Elle partit.

Trois mois après, un soir de pluie, Jules improvisa un dîner pour eux dans ses deux chambres meublées. Jim, ouvrant par hasard le four du poêle de faïence, y trouva le chapeau haut de forme de Jules, à même, et recouvert d'une fine couche de suie. Jules dit avec satisfaction : « Là, il ne m'encombre pas et la suie le protège. » Jim répondit : « Je ne suis pas votre mère, Jules. »

Ils mangeaient dans des petits bistrots. Les cigares étaient leur dépense. Chacun choisissait le meilleur pour l'autre. Ils fréquentaient le Concert Mayol et la Gaîté-Montparnasse, où mimait à ce moment Colette.

Jules parlait longuement à Jim de son pays et des filles de son pays. Il en aimait une, Lucie, dont il avait vainement demandé la main. De là son départ pour Paris. Après six mois, il allait retourner la voir.

— Il y en a une autre, dit Jules : Gertrude, qui a une vie libre, et un bel enfant. Elle me comprend, et ne me prend pas au sérieux. La voici.

Jules sortit de son portefeuille une photo de Gertrude : couchée nue sur une plage, cernée d'une mince vague montante, son fils d'un an assis nu sur les fesses de sa mère, face au large, comme sur un château-fort, Eros.

— Il y en a encore une autre, Lina, que j'aimerais peut-être, si je n'aimais pas Lucie. Tenez, elle est comme ça.

Et sur la table de marbre ronde, il crayonna à petites touches lentes un visage.

Jim, tout en causant, regarda ce visage, puis il dit à Jules : « Je pars avec vous. — Pour les voir ? — Oui. — Bravo ! » dit Jules.

Jim voulut acheter la table, mais le patron du bar ne voulait lui vendre que ses douze tables à la fois.

III

LES TROIS BELLES

Afin de préparer les choses, Jules arriva huit jours avant Jim à Munich où il avait passé deux ans auprès de ces trois femmes.

Il loua pour Jim deux grandes pièces chez de braves gens, et annonça Jim à ses trois amies, avec des commentaires si différents pour chacune qu'elles ne s'y reconnaissaient plus quand elles les échangeaient.

Jules présenta Jim, dès son arrivée, à Lina qui savait l'histoire de la table.

A la surprise de Jules, avant même d'avoir achevé les gâteaux du thé, Lina, une belle enfant malicieuse, et Jim, tombèrent d'accord sur les points suivants :

a) Jim ressemblait peu à la description que Jules avait faite de lui à Lina.

b) Lina ne ressemblait guère au dessin de la table ronde.

c) Tous deux se trouvaient très bien, mais, pour économiser le temps de Jules, et le leur, déclaraient conjointement que le coup de foudre escompté n'aurait pas lieu.

— Comme j'envie la netteté et la rapidité de vos réactions..., dit Jules.

Quant à Lucie et à Gertrude, Jules les révéla toutes les deux à la fois à Jim, à un souper, dans le bar le plus moderne de la ville.

Une fois tombés leurs manteaux du soir, elles apparurent, contrastantes, et s'assirent à une table de bois clair, bientôt couverte d'une nappe et de verres étranges.

Un sourire heureux et timide errait sur les lèvres de Jules, disant aux trois autres qu'ils étaient dans son cœur.

Un loisir régna, sans aucune gêne.

— Comment faites-vous, Jules, pensa tout haut Jim, pour réunir ainsi deux femmes si différentes et si...

Il n'acheva pas. C'est le silence qui prononça pour lui le mot *belles*. Elles l'entendirent.

Jules rougit de plaisir. Il allait répondre. Gertrude l'arrêta en levant la main, et dit :

— Jules est notre confident, notre metteur en scène. Il a une imagination fertile, une patience d'ange. Il nous met dans ses romans. Il nous console, il nous taquine. Il nous fait la cour. Il ne nous exige pas. Il n'oublie qu'une chose : lui-même.

— Quel bel éloge ! dit Jim.

— Aussi venons-nous quand il nous appelle, dit Lucie, en relevant légèrement la tête.

Jules raconta, à sa drôle de façon, l'échec avec Lina, que Lina leur avait déjà téléphoné.

— Bien sûr, dit Gertrude, Lina et Monsieur Jim, ça ne va pas. Lina est une enfant gâtée, Monsieur Jim n'aime pas cela.

— Qu'est-ce qu'il aime ? demanda Jules.

— Nous le verrons bien, dit Lucie impassible.

Pour la deuxième fois le son grave de sa voix porta sur Jim. Il éprouvait comme une gêne à être assis entre ces deux femmes, il eût voulu regarder tout le temps chacune d'elles.

Cela commençait comme un rêve.

Jules proposa bientôt, avec ses pleins pouvoirs d'ordonnateur, que, pour abolir une fois pour toutes les *Monsieur,* le *Mademoiselle* et le *Madame,* on *but fraternité,* avec son vin favori et que, pour éviter le geste traditionnel et trop visible d'entremêler leurs bras, les pieds des buveurs se touchassent sous la table : ce qui fut fait. Entraîné par sa joie, Jules ôta vite les siens.

Ceux de Jim restèrent un moment accotés à un pied de Gertrude et à un pied de Lucie, qui, la première, écarta doucement le sien.

Lucie était une beauté gothique, au crâne allongé, elle prenait son temps pour toutes choses et conférait à chaque instant, pour les autres, la pleine valeur qu'elle lui donnait elle-même. Son nez, sa bouche, son menton, son front étaient la fierté d'une province, qu'elle avait incarnée, enfant, lors d'une fête religieuse. Fille de grande bourgeoisie, elle étudiait la peinture.

Gertrude avait trente ans, beauté grecque, athlète née. Elle gagnait, sans entraînement, les courses de ski. Elle sautait des tramways en marche, et sans effort, s'arrêtait pile. On avait envie de connaître ses muscles. Elle avait un fils de quatre ans, sans père. Elle ne croyait pas aux pères. Elle vivait de son art d'enlumineuse, avec des hauts et des bas. Noble, elle était au ban de sa caste, mais les artistes la respectaient et la choyaient.

La soirée coulait comme un fleuve sinueux. Les présences chantaient, des étincelles commençaient à jaillir. Ils avaient ceci en commun : une relative indifférence envers l'argent et la conscience d'être constamment entre les doigts de Dieu — que Gertrude eût plutôt appelé le Diable.

Jules bavardait excellemment. Mais, vers deux heures du matin, il commença à être un peu trop expert en âmes et en situations, et, par réaction, il dit quelques plaisanteries hardies. Peut-être se rattrapait-il par des paroles en public de ce qu'il n'osait pas risquer en privé. Il railla un peu ses deux amies, lui-même, et presque Jim. Ne leur avait-il pas ouvert les portes d'un paradis dans lequel il n'était pas sûr d'entrer? En avait-il le pressentiment? A son chant d'hommage et de joie il mêlait maintenant des petits coups de griffe qui devinrent pénibles quand il se mit à donner de longs conseils au Père Eternel pour refondre sa Création.

Une évidence montait. Jules était un ami délicieux, mais un amant ou un mari sans consistance. Il le soupçonnait, une fois de plus, et il se le cachait par le flux de ses paroles.

— Jules se gâte sa soirée, c'est toujours comme cela, dit Gertrude avec regret, à un moment où il s'était levé pour courir après la vendeuse de cigarettes. Lucie hocha la tête avec indulgence.

Le dernier quart d'heure passa dans les divagations de Jules. Il ne laissait pas parler les autres, il insistait sur des effets manqués. Ses trois amis souffraient pour lui et leur désir naissait de se revoir, sans lui.

Jim ne connaissait pas encore ce Jules-là, bien que, à réfléchir, il en eût déjà perçu des traces dans leurs entretiens, où, seul à seul, hors de la présence réelle de la beauté, Jules planait.

Après avoir reconduit Gertrude et Lucie jusqu'à leurs portes, Jules et Jim marchèrent dans un grand parc. L'aurore pointait. Jules était calmé.

— Quelle nuit étonnante! dit Jim. Quel bouquet hardi de ces deux fleurs! Quel amour sacré et quel amour profane!... Je ne désire guère revoir Gertrude et Lucie toutes deux à la fois...

— Je vous comprends, dit Jules. Laquelle vous a le plus frappé?

— Je suis encore ébloui, dit Jim. Je ne suis pas pressé de le savoir. Et vous, Jules?

— Lucie, j'ai demandé et je redemanderai sa main. Gertrude m'a consolé quand Lucie m'a refusé. J'ai emmené Gertrude, avec son fils, sur une plage italienne. Elle m'a prêté sa forme, mais pas son amour... Voyez-vous, Jim, quand j'ai rencontré Lucie, j'ai eu peur. Je ne voulais pas me laisser aller à cet amour. Mais elle s'est blessée au pied dans un tour en montagne, et elle m'a permis de soigner ce pied que j'emmaillotais et démaillotais. J'aurais voulu qu'il ne guérît jamais.

— Je connais sa main, dit Jim.

— C'est moi qui n'ai pas guéri, poursuivit Jules. Quand elle fut remise, j'osai m'offrir à elle comme époux. Elle a dit : *non* — mais si doucement que j'espère encore.

IV

GERTRUDE

Jim posa une barrière entre Lucie et lui.

Au bout de quinze jours, après une cour qu'elle rendit héroïque et amusante, Gertrude fut à Jim. Elle venait le trouver le soir une ou deux fois par semaine. C'était une créature généreuse. Entre-temps, elle lui parlait inépuisablement de sa vie, qu'elle voyait comme un match continuel contre Dieu. Elle jouait perdant. Elle révélait à Jim tout un Nord qu'il ignorait. Elle l'associait à ses problèmes. Jamais, bien que Jim sentît parfois ses paupières tomber, ils ne dormirent. Elle goûtait la façon d'écouter de Jim, sans lui donner elle-même une extrême attention. Elle était éprise de Napoléon, rêvait qu'elle le rencontrait dans un ascenseur, qu'il lui faisait un enfant, et qu'elle ne le revoyait jamais.

— Qu'il est charmant notre Jules, disait-elle. Il comprend les femmes mieux qu'aucun homme que je connaisse, et pourtant, quand il s'agit de nous prendre... il nous aime trop et pas assez. Il est spirituel et charnel à contretemps. J'ai essayé en vain de l'aider. Lucie est pour lui une idole patiente. Jules est un découvreur, un poète, mais, comme mari, sa douceur deviendrait créancière.

Gertrude et Jim finissaient leur nuit par une promenade dans les bois, au lever du soleil. Ils allaient chercher dans une calèche de louage le beau fils de quatre ans qui, assis sur le siège à côté du vieux cocher, apprenait à tenir les rênes et à faire galoper les chevaux, à claquer du fouet et à jurer, ses blonds cheveux agités par le vent.

Après quoi Jim rentrait se coucher pour la journée et il ruminait ce que lui avait conté Gertrude.

Jules fut tenu au courant par Gertrude et par Jim. Jules les voyait tout autant, mais séparément. Avec chacun il parlait de l'autre, et il goûtait, à sa façon, leur plaisir.

V

JULES ET LUCIE

Jules arrangea une excursion romantique dans les bois avec Lucie et Jim. Il inventa un conte de fées. Lucie était la fée, elle tenait Jules par une main et Jim par l'autre. C'était enfantin et charmant. La main de Jim aimait la main de Lucie. Ils étaient gênés par cette familiarité soudaine. Jules fut épanoui et il n'eut pas sa crise verbale.

Jim reçut un petit paquet. Il eut une légère surprise en reconnaissant la noble écriture de l'adresse. Lucie lui écrivait : « Je voudrais vous voir seul. Pouvez-vous venir chez moi demain soir vers dix heures ? Voici la clef de la porte cochère. »

Dans cette ville, ces portes étaient fermées le soir, et chaque locataire avait sa clef.

Jim, en avance par exception, fit les cent pas. Il tenait la clef dans sa poche et il pensait à Lucie et à Jules.

Le petit salon de Lucie était embelli par une sobre fresque qu'elle avait peinte elle-même. Lucie reçut Jim simplement.

— Nous n'avons jamais eu, dit-elle, l'occasion de nous rencontrer sans Jules. Je désire vous parler de lui. Une amitié vous unit et je souhaiterais un appui en vous. Il va venir dans ma ville natale, avec l'espoir que je lui permettrai de demander ma main à mon père. Je ne le permettrai pas. Je voudrais que vous soyez avec lui à ce moment-là... Il n'ose guère vous prier de l'accompagner...

— Pourquoi ? dit Jim.

— A cause de... Gertrude, dit-elle.

— J'y serai, dit Jim.

Elle lui offrit le thé. Ses objets, choisis, ses gestes, sa voix, tout cela reflétait une tradition calme et profonde, une atmosphère de méditation et de devoirs acceptés. Jim comprit à quel point Jules, en dehors même de la beauté de Lucie, avait besoin d'elle. Elle ne voudrait jamais l'épouser. Voulait-elle adoucir le plus possible la peine de Jules ? Ils parlèrent de lui, de ses poèmes.

Lucie en avait là quelques-uns qu'elle venait de recopier pour lui. Il ne pouvait y avoir de plus beaux manuscrits. Seulement alors, sous cette forme, Jules sentait ses poèmes nés au monde. L'écriture de Lucie, sans hâte et sans retouches, sans soin apparent et sans tare, allait droit au but, à travers les vallées infimes du papier bistre.

Jim envia Jules, quand Lucie revêtit en plus un des poèmes de sa voix, égale à son écriture. Tout en elle était égal.

Pourquoi Jules l'avait-il conduit vers ce sanctuaire ?

Jim demanda à Lucie de lui montrer ses peintures. Elle le fit. Elles étaient sobres et harmonieuses.

Jim ne pouvait plus s'en aller. Il fut minuit. Il prit congé, avec une piété envers Lucie.

Lucie rejoignit sa famille. Gertrude s'en fut à la campagne, avec son fils et un ami.

VI

LUCIE ET JIM

Huit jours plus tard Jules et Jim étaient seuls dans un compartiment du petit train omnibus menant vers Lucie : un voyage de six heures. Jules, sans perdre sa lenteur, était agité. Il conta à Jim un rêve qu'il avait eu la veille.

— Nous marchions avec précaution, vous et moi, sur les murs d'une haute maison en démolition. Il y avait danger de chute dans des ronces. Vous étiez devant, et je vous suivais, en tenant derrière moi la main de Lucie. Plus loin, Gertrude et d'autres. Vous arrivâtes au bout du mur. Impossible d'aller plus loin. L'arrêt me donnait le vertige. Alliez-vous faire demi-tour? Soudain vous fîtes un bond, comme vous en faites avec votre perche à sauter, mais sans perche. Il y eut des cris. Mais déjà vous vous teniez debout, souriant, sur le mur d'en face, à six pas de là. Je me réveillai alors.

Jules ajouta sans transition :

— Voulez-vous jouer aux dominos?

— Oui, dit Jim, qui n'aimait pas ce jeu.

Jules tira de son sac des dominos extra-plats que sa mère lui avait donnés, et ils jouèrent longtemps. Jim s'appliquait, mais Jules gagnait toujours. Il restait deux heures.

Jules se mit alors à raconter Lucie et lui depuis le début, comment elle avait été malheureuse et malade, pour un autre, comment il l'avait soignée et comment il avait conçu peu à peu de l'espoir. Jim vit avec angoisse la force de cet amour.

Jules consacra la première journée dans la petite ville à un pèlerinage tout autour, mais à distance, de la maison de Lucie. Il n'avait vu cette maison qu'une fois, quelques heures, un soir d'hiver. Il souhaitait apercevoir Lucie lisant à sa fenêtre (elle ne s'y tenait probablement jamais) et la contempler de loin avant d'aller chez elle. Ils passèrent entre de hauts murs de jardins, dans des ruelles montantes. Ils prirent le thé, courbés sous une tonnelle, pour ne pas être vus par Lucie, guettant une maison qui, un moment plus tard, n'était plus la vraie. Jules, dans ce rêve éveillé, fut pris d'un vertige, la maison fut partout. Ils marchaient et ils étaient en nage.

Le lendemain ils la trouvèrent à sa place, au bout d'une avenue plate, vaste et blanche au milieu de son parc. Jim fut présenté à l'auréole de cheveux blancs qu'était le vieux père, encore causeur, de Lucie. Elle s'effaçait derrière lui. Tout respirait l'ordre et la précision.

Lucie avait réservé pour Jules et pour Jim deux grandes chambres, dans une auberge en rondins, hors la ville, sur un joli coteau d'où l'on apercevait sa maison. On pouvait, à la lorgnette, échanger des signaux.

Ils vécurent là, dans ce cadre choisi par elle, attendant les occasions de la voir. Ils seraient venus chaque jour, mais il ne fallait pas bousculer les parents ni trop faire parler la petite ville.

Ils étaient souvent invités chez Lucie. Jim brilla au tennis du parc, moins au salon, où il s'ennuyait. Ce fut le contraire pour Jules qui voulait séduire tout au moins le père. La maison était ample, pleine de sœurs aînées, de neveux, de nièces, de servantes et de chiens de race. La mère, rarement visible, dirigeait tout.

Ils étaient venus pour six jours. Ils restèrent six semaines. Jules était dans une extase inquiète et ne formulait pas sa demande. Lucie ne l'y encourageait pas. Et c'était si beau ainsi !

Le jeune frère de Lucie, étudiant, fin et sportif, arriva, et il y eut dans les monts boisés des excursions à quatre, d'une journée entière, sac au dos, pendant lesquelles tantôt Jules, tantôt Jim, se trouvaient parfois seuls avec Lucie.

Fut-ce le contact permanent de l'amour de Jules ? Fut-ce le rayonnement de cette douce vie familiale avec ses rites provinciaux qui encadraient si bien Lucie ? Fut-ce simplement... Lucie ? Jim devint peu à peu, malgré lui, amoureux d'elle. Jules sans le savoir, le frère en le sachant, peut-être Lucie elle-même, l'y aidèrent.

Un jour Lucie, qui marchait à côté de Jim, en forêt, ralentit sa marche, arrangea les lacets des brodequins qui enveloppaient souplement ses pieds, regarda au loin Jules et son frère entrer dans une auberge, et dit à Jim :

— Asseyons-nous. Nous avons le temps. Dites-moi votre pensée ?

— Voilà, dit Jim. Au fond Jules est heureux à sa façon, et il ne demande qu'à prolonger cela. Il vous voit souvent, d'une façon idyllique. Il vit d'espoir.

— Aimeriez-vous que je l'épouse ?

— Pour lui, oui. Pour vous, non.

— Même pas : *pour lui, oui.* Je deviendrais, pour lui, une mauvaise femme. J'admire ses écrits. C'est un homme bon et charmant. Mais je m'indigne malgré moi qu'il s'obstine à vouloir m'épouser.

« Jim, j'ai eu un grand chagrin, moi aussi, avant de connaître Jules. Il a dû vous le dire ? Alors sa peine m'en fait. Vous êtes son ami. Aidez-moi à l'aider. Aidez-moi tout court. »

Elle confia à Jim ses longues mains qui tremblaient. Deux larmes s'arrondirent. Jim sans mot dire la prit dans ses grands bras, la souleva, fut presque choqué par la légèreté de son corps. Il la porta jusqu'à un tronc couché, s'assit dessus, et la posa sur ses genoux. Ils ne parlaient pas. Il voyait son visage de près. Il essayait de penser à Jules. Mais il sentit les cheveux de Lucie frôlant ses lèvres.

— Vous l'aimez encore ? dit Jim.

— Qui ?

— Le premier.

— Peut-être, mais cela s'éloigne et cela doit mourir. Et vous Jim ?

— Moi quoi ?

— Vous avez aimé, Jim. Pour de bon, Jim. Cela se sent. Pourquoi ne l'avez-vous pas épousée ?

— Cela n'est pas arrivé.

— Où est-elle ?

— En France.

— Comment est-elle ?

— Pure, elle aussi.

Jim sentit une pression du bras de Lucie.

— Vous l'aimez encore, et elle vous aime ?

— Oui, mais nous nous voyons peu, bien que nous soyons libres.

— Ne faites pas souffrir, Jim...

— Et puis il y a du nouveau.

— Lequel ?

— Je vous admire, Lucie. J'ai pris goût à vous voir. Je crains d'oublier Jules.

— Il ne faut pas l'oublier, il faut le prévenir.

Ils se turent de nouveau. Elle cita :

Alle das Neigen
von Herzen zu Herzen
ach wie so eigen
schaffet das Schmerzen.

— Traduisez, dit-elle.

— Toutes les inclinations qui vont de cœurs à cœurs, ah ! mon Dieu, mon Dieu ! comme elles créent des douleurs, dit Jim.

— Pas mal, dit-elle en souriant, bien que le « mon Dieu ! mon Dieu ! » soit ajouté. — Et Gertrude ? demanda-t-elle soudain.

— Gertrude... c'est du beau sport, dit Jim.

Jim avait happé une boucle de Lucie que le vent promenait sur sa bouche. Elle courba son long cou et lui donna, à travers ses cheveux, le contact de ses lèvres.

Elle se releva doucement. Ils rejoignirent les autres.

D'autres promenades suivirent. Le cœur de Jim se gonflait. Lucie reprenait des couleurs et de la joie.

L'été tourna vite. Jules fit sa demande à Lucie, ajoutant que, quelle que fût sa réponse, il resterait toujours à sa merci. Lucie lui dit qu'elle était touchée, qu'elle ne pourrait probablement jamais l'épouser, et qu'elle souhaitait que leur grande amitié n'en souffrît pas.

Jules, qui s'y attendait pourtant, devint blanc, lui baisa les mains, et vint trouver Jim.

— Jim, dit-il, Lucie ne veut pas de moi. J'ai la terreur de la perdre et qu'elle sorte tout à fait de ma vie. Jim, aimez-la, épousez-la, et laissez-moi la voir. Je veux dire : si vous l'aimez, cessez de penser que je suis un obstacle.

Jim dit : « Voilà où nous en sommes, Lucie et moi. » Et il lui raconta, jour par jour.

A sa surprise et à sa joie le visage de Jules s'éclairait. Il dit à Jim :

— La dernière fois que vous avez joué au tennis avec Lucie, contre son frère et sa cousine, vous avez été comme un couple.

Jules alla trouver Lucie. Il lui dit : « Jim m'a parlé », et il la félicita délicatement. Il s'offrit comme protecteur de Lucie et de Jim. Elle lui dit : « Notre affection ne fait que naître, il faut la laisser tranquille, comme un nouveau-né. »

Un soir Jules leur dit : « Je vais vous raconter mon suicide. » Ils dressèrent l'oreille. Ils craignaient de Jules quelque chose dans ce domaine-là

Jules raconta :

— J'avais quinze ans. Je résolus de mourir. Je fermai à clef la porte de ma chambre. Je plaçai sous mon lit un réchaud à alcool, rehaussé par des livres : c'était mon bûcher. Je l'allumai. Je m'étendis à l'aise dans mon lit et j'entaillai vivement avec mon rasoir les veines de mes poignets (il leur montra de minces et blanches cicatrices). Le sang jaillit, rapide d'abord, puis s'arrêta. Je m'évanouis. Quand je revins à moi ma mère était à mon chevet, mes poignets portaient des bandages et le docteur était là... Le lit avait mal brûlé, mais assez pour que la cuisinière vît de la fumée filtrer en haut de ma porte, que l'on avait enfoncée.

— Qu'a dit votre mère ? demanda Lucie.

— Jamais un mot là-dessus.

— C'est bien de sa part, dit Jim. Combien d'étages avait l'immeuble ?

— Six, dit Jules.

— Cela eût fait un beau bûcher, dit Jim.

— Jules, dit Lucie, vous donniez votre vie pour votre rêve, sans doute. Mais vous auriez pu brûler des petits enfants aux étages supérieurs.

— Tiens, dit Jules inquiet, je n'y avais pas pensé.

Jules raconta une autre fois :

— J'avais dix ans. Pour aller à l'école nous traversions un petit terrain vague avec un remblai de terre jaune. Tous les garçons s'amusaient à passer sur ce remblai. C'est là qu'un matin Hermann, un camarade, m'arracha ma serviette, la jeta par terre, et me frappa sur le nez en me disant : « Tu es un vilain Juif. » Je saignai sans comprendre, mais le soir ma mère m'expliqua.

« Hermann m'attaqua souvent là, et rien que là. C'était comme un rite. J'aurais pu faire un léger détour et éviter ce remblai. Mais non. Et puis, au fond, Hermann me plaisait.

— Pour lui-même ? dit Jim. Ou bien parce qu'il vous frappait ?

— Pour les deux, dit Jules.

— Jim, dit Jules à Lucie, n'est pas très intelligent. (Le sourcil de Lucie se haussa.) Il n'a pas besoin de l'être. (Lucie fut rassurée.) Il est pareil à un chien de chasse qui ne suit que son flair. (Lucie sourit.) Il s'écrase le nez en cherchant ses puces..., continua Jules emporté par la comparaison. (Leur rire fusa.).

— Il vous regarde un instant dans les yeux, dit-elle. Il vous jette ses pattes sur les épaules, avec un coup de langue, et il vous fait tomber !... Il tourne et il cherche sa couche. Il lui faudra des années avant de se fixer.

— L'attendriez-vous ? dit Jules.

— Qui peut savoir ? dit Lucie. En tout cas il m'aide à revivre.

Le dernier soir Lucie leur promit de venir les voir à Paris, au printemps suivant.

— Pardonnez-moi tous deux, dit Jules, si j'ai encore un espoir. Il me semble que mon amour durera toujours. J'ai tout le temps. Je voudrais que Lucie fût malade, abandonnée, défigurée, pour la recueillir et pour me consacrer à elle.

— Tout cela peut arriver, dit Lucie en souriant faiblement.

Dans le train Jim expliqua à Jules que Lucie et lui ne se sentaient pas mûrs pour le mariage. Etait-elle faite pour avoir un mari et des enfants ? Il craignait qu'elle ne fût jamais terrestrement heureuse. Il la voyait comme une grande abbesse vêtue de blanc, il s'étonnait de la tenir entre ses bras. Elle était une apparition pour tous, peut-être pas une femme pour soi tout seul.

Ainsi, pour Jules, *leur* amour rentrait dans le relatif, tandis que le sien, à lui, était absolu.

VII

MAGDA

Après quelques semaines de Paris, Jules eut une réaction, il essaya d'échapper à Lucie et il s'intéressa de nouveau aux Parisiennes. Aidé par Jim, il fit une annonce à la rubrique *mariages* dans un grand quotidien. — Entre autres, une honnête et avisée petite Juliette vint le voir. Jules fut émerveillé de ses bas blancs, de ses souliers vernis, de son regard droit et vif, du tic-tac précis de son cervelet. Ils l'emmenèrent ensemble au théâtre.

Jules songea vingt-quatre heures à la demander en mariage. « C'est mon seul moyen d'approche, disait-il, mais si je réussis une seule fois, ce sera suffisant. » L'ombre de Lucie passa. Il ne le fit pas. Juliette cessa de venir.

Jules reçut une longue lettre d'un cousin plus âgé que lui. Une amie, qu'il décrivait, une veuve de vingt-cinq ans, avec un petit garçon, allait arriver à Paris. Jules voulait-il la distraire et lui montrer le quartier latin ?

Elle écrivit à Jules qu'elle l'attendait.

Jules invita Jim à déjeuner et lui montra les deux lettres. Ils se promenèrent dans les Tuileries, devant l'hôtel de cette femme, en attendant l'heure du rendez-vous. « Cette fois-ci, dit Jules, je pressens qu'elle peut être pour moi. » L'horloge d'une église sonna et il partit en pressant ses petits pas.

Le lendemain matin, il raconta à Jim :

— Elle est agréable, douce, elle a de l'allure et de l'expérience. C'est une musicienne de talent. Elle est libre. Je suis déjà un peu épris. Peut être ne lui déplais-je pas ? Voulez-vous venir ce soir avec nous à un concert ?

— Qu'avez-vous besoin de moi ? dit Jim. Vous serez bien mieux tous les deux.

— Si, si, insista Jules, je lui ai parlé de vous. Elle désire vous connaître. Eh oui ! j'ai besoin de vous.

Jim les rejoignit donc.

Jules le présenta :

— Voici Jim. Il faut prononcer *Djim* à l'anglaise, avec un *D* devant, et pas *Gîmme,* ça ne lui ressemble pas.

Magda était comme Jules l'avait décrite, passionnée pour son chant, érudite sans pédanterie. Ils soupèrent ensemble. Jules lui plaisait, elle traita Jim en camarade. Elle avait quelque chose d'enveloppant.

« Enfin ! » se dit Jim.

Au bout d'un mois elle accorda ses faveurs à Jules. « Enfin ! » se répéta Jim, qui les voyait souvent, émerveillé du spectacle d'un Jules heureux. Et Magda reprenait racine dans la vie et embellissait. Dans l'intimité elle quittait son deuil.

Il y eut pourtant des signes inquiétants. Jules écrivit

un poème sur « la Matrone d'Ephèse » et il reprit un peu ses déliquescences, ses considérations rongeantes qui, sans que les autres y prissent part, se retournaient contre lui. Un soir tard, rue de la Gaîté, dans un café vide, il affirma : « Ce qui importe, c'est la fidélité de la femme, celle de l'homme est secondaire. » Jim se demanda s'il pensait à Lucie.

Magda avait pâli.

— Vous êtes deux idiots ! dit-elle.

— Peut-être, dit Jim. Pourtant je n'ai rien dit, et je n'approuve pas tout ce que dit Jules à deux heures du matin.

— Alors protestez ! dit Magda.

— Je proteste, dit Jim.

Jules sembla surpris.

— Tu vois bien ! dit Magda.

Elle prit le bras de Jules et l'emmena, comme un méchant enfant.

Jim les vit ensemble le moins possible. Bien que fort occupé de son côté avec sa vie à lui, il faisait à Jules une visite chaque jour.

Jules lui dit un matin : « Magda s'imagine que vous la boudez depuis sa colère au café. Nous voulons, ce soir, prendre de l'éther, pour savoir ce que c'est. Vous êtes invité à dîner chez elle. » Et il craignit que Jim ne refusât.

— Merci, dit Jim, je viendrai. Je prendrai peu d'éther. Je n'aime pas ces trucs-là.

Le dîner était servi par terre, dans de petits bols persans, devant un grand feu de bois.

Magda avait préparé elle-même des hors-d'œuvre de son pays. Jules lut gaiement à haute voix des poèmes dans trois langues, et Magda improvisa sur son piano. Une pluie froide claquait dehors. Il faisait bon être là.

Vint l'heure de l'éther.

Armés de tampons d'ouate et de flacons ils commencèrent à inhaler profondément. Jim sentait cela comme une erreur physique.

— Exhilarant, dit l'un d'eux.

— Exhilarant, dirent les autres.

Le cerveau était irrigué de fraîcheur, les oreilles sifflaient. Immense bien-être. On se gonflait comme une outre. L'odeur déplaisante au début devenait nécessaire.

Magda réagissait généreusement. Jim ne se laissait aller qu'à moitié. Jules s'abandonnait, gaspillait le coton et le liquide.

Les nombreux coussins devinrent insuffisants pour la paresse des membres. Jules proposa que l'on s'étendît sur le vaste lit de Magda. Ce qui fut fait. Magda et Jim se mirent chacun à un bord et réservèrent à Jules la place du milieu. Mais Jules, avec autorité, y poussa Magda.

Les tampons d'ouate continuèrent leur service, dans l'obscurité maintenant. Des silences passèrent. Le feu donnait des lueurs.

Soudain, ce fut une piqûre de moustique, Jules émit un paradoxe pointu sur la *duplicité* des femmes, à propos d'un fait divers en vogue.

— Pas de psychologie ce soir, Jules ! implora Jim.

— Est-ce que cela s'applique à moi ? demanda Magda.

— Bien sûr, dit Jules en riant : à toutes les femmes.

Et il continua, raillant lui-même et Magda, mêlant

des platitudes à des traits d'esprit. Ils essayèrent de l'arrêter. En vain. Jim fit un effort pour se lever. La main de Magda le retint. Elle se boucha les oreilles. Jules se tut un instant puis écarta une des mains de Magda. Elle se laissa faire, s'attendant à une gentillesse. Il se pencha et lui murmura quelque chose à l'oreille, ce qu'il n'eût pas fait devant Jim, s'il n'eût été dans l'éther.

Magda poussa un gémissement.

— Allumez, Jim, dit-elle.

Jim appuya sur la poire électrique. Le visage de Magda apparut, crispé, encore plus qu'au café.

— Va-t'en, Jules ! commanda Magda.

Jules avait sa face de bébé satisfait qui torture un insecte. L'ordre sec de Magda, ex-femme d'officier, agit sur lui comme sur un soldat. Il descendit du lit, ôta le kimono prêté, remit son veston, ses souliers, passa dans l'antichambre. Ils l'entendirent ouvrir la porte du palier et la refermer.

Jim se mit sur son séant pour le suivre. Magda rabattit Jim contre elle. Elle avait une crise. Elle l'enlaça.

— Magda, vous voulez vous venger de Jules, et vous le regretterez, dit Jim.

— Jamais ! dit-elle. Et plutôt vous qu'un autre !

« C'est vrai, pensa Jim, ce sera moins grave avec moi. »

— Pas ainsi ! dit-elle. Et elle se mit à le dévêtir.

Ils eurent une franche nuit, presque impersonnelle, imprégnée d'éther, et en fonction de Jules — une belle flambée païenne qui ne laisse pas de traces.

Au matin, en se réveillant contre Jim, elle lui dit :

— Ne croyez-vous pas que Jules l'ait souhaité ?

— Il était, dit Jim, ivre d'éther.

— Oui, dit-elle, mais plus Jules que jamais. Qu'il apprenne les conséquences de ses paroles ! Dites-lui, je vous prie, ce que nous avons fait.

Jim alla chez Jules, qui n'avait pas encore compris son expulsion. Il lui raconta exactement. Il finit en disant : « Nous ne nous sommes pas donné un baiser. » C'était vrai.

Jules s'en fut chez Magda. Il s'excusa. Magda pas. Ils eurent une mise au point et une nouvelle lune de miel. Ils virent Jim autant qu'avant, sans aucune gêne, pour aucun des trois.

Jules et Magda firent un séjour dans le Midi. Ils envoyèrent à Jim des photos émouvantes qui les montraient comme lunaires et très unis. Jim eut un espoir pour Jules.

Peu de temps après leur retour, Jules dit à Jim :

— J'aime Magda. Mais c'est une habitude. Ce n'est pas le grand amour. Elle est à la fois ma jeune mère et ma fille attentive.

— C'est beau ! dit Jim.

— Ce n'est pas l'amour dont je rêve.

— Est-ce qu'il existe ? dit Jim.

— Sûrement. Je l'ai pour Lucie.

Jim se retint de dire : « Parce que vous ne la possédez pas. »

— Et d'ailleurs, poursuivit Jules, je ne pardonnerai jamais à une femme de m'aimer, tel que je me connais. Cela indique une perversion, un compromis... dont

Lucie est exempte. Elle n'accepte pas une parcelle de moi.

— Chaque homme pourrait penser cela, dit Jim.

— Oui... *pourrait...* dit Jules. Mais moi je le *fais*.

— Eh bien, dit Jim, c'est héroïque, et respectable. C'est un peu d'un martyr. C'est la clef de votre vie. Si Lucie vous aimait...

— Elle ne serait plus Lucie, dit Jules.

Cela avait duré huit mois, Jules et Magda, huit mois bons parfois comme du pain. Une lettre de Lucie arriva, parlant de sa venue, l'été prochain.

Jules résolut de dire Lucie, en pleine lumière, à Magda. Jusqu'ici il n'avait mentionné que son existence, et Magda avait pu croire que c'était du passé.

Il le fit, avec piété — comme il avait allumé jadis son réchaud sous son lit.

Deux jours après Magda repartit dans son pays.

Elle s'y remaria quelques mois plus tard, « avec un vrai homme, équilibré et généreux, écrivit-elle, heureuse, et sans garder rancune, au contraire, à Jules ».

VIII

ODILE

Jules avait rencontré au café des peintres, avec Jim, une Nordique de dix-huit ans, Odile, et elle aimait venir prendre le thé, avec eux, chez Jules, qui demeurait près de ce café. Elle était, disait-elle, divorcée. Elle parlait un français petit nègre. Elle était directe, brutale, pleine d'humour, et toute en lait.

— Moi rien comprendre la vie des hommes et femmes ici. Ce être le contraire de chez ma pays. Eux ici faire amour quand eux envie. Ce être important. Moi vouloir apprendre ici.

Jules, pris alors par Magda, ne ressentait aucune attirance pour Odile. Elle l'amusait et il la traitait chez lui comme une jeune chatte. Il jouait avec elle aux dominos et il lui donnait des leçons de français fantaisiste. Les bons points étaient des pipes en sucre rouge, qu'elle croquait bruyamment, et qui coûtaient à cette époque un sou.

Elle eut au café une discussion à voix haute avec Jules :

— Quoi ! moi dire : « moi tomber sur *ma* derrière », et vous vouloir moi dire : « moi tomber sur *mon* derrière. » Shocking ! Vous Monsieur : *mon* derrière. Moi dame : *ma* derrière. Vous ficher de moi.

Tous les habitués lui donnèrent raison.

Un jour elle dit à Jules, chez lui :

— Plusieurs du café veulent apprendre moi. Moi pas vouloir. Moi préférer apprendre avec Jim. Quoi vous conseiller moi ?

— Jim bon professeur, dit Jules.

— Quoi Jim penser sur moi ?

— Jim penser vous bels yeux, belle bouche, bels cheveux, belle peau blanche, bel tout ça, dit Jules qui avait dû adopter son langage.

— Vous pensez lui avoir envie apprendre moi ?

— Lui avoir envie.

— Vous sûr, sûr ?

— Moi sûr, sûr.

— Vous pas avoir envie ?

— Moi pas avoir envie.

— Pourquoi vous pas avoir envie ?

— Moi avoir envie apprendre une autre fille.

— Moi la connaître ?

— Vous pas la connaître.

Elle allait demander : « Pourquoi moi pas la connaître ? », mais ayant regardé l'heure, elle coupa :

— Jim venir aujourd'hui pour thé ?

— Jim venir.

— Vous prêter moi et Jim votre chambre aujourd'hui si nous besoin ?

— Moi prêter.

— Pour nous en servir tout à fait ?

— Tout à fait.

— Vous sortir quand moi faire signe ?

— Moi sortir.

— Vous pas fâché du tout ?

— Pas du tout.

Ils prirent leurs dominos. Jim arriva. Ils burent le thé. — Odile attaqua en clown la scène de la séduction, jouant pour Jules et pour elle-même. Jim s'y prêta sans savoir de quoi il s'agissait. Odile lui avait plu dès le premier coup d'œil. Jules jouait le rôle de Monsieur Loyal. Odile l'interrogeait, comme un confident.

Elle lui donna bientôt le fou rire. Il se tenait les flancs en disant : « Assez ! Assez ! » — Jim donnait la réplique, en petit nègre aussi, sérieux au fond. C'est sur ce sérieux inavoué qu'Odile bâtissait son numéro, tout en cachant son propre sérieux. Elle appelait Jim : *Homme nouveau !* en croyant que cela voulait dire : *Imbécile !* parce qu'elle avait lu, lors de sa dernière leçon avec Jules, qui était le seul à comprendre, ces mots juxtaposés, au début de *Tête d'Or,* de Claudel. Pourtant lorsque son crescendo de coq-à-l'âne, et son interrogatoire indiscret de Jim furent arrivés au faîte, elle fit à Jules un signe souverain de ses sourcils, et de son index lui désigna la porte. Il la prit, soudain un peu attristé.

— Cacher nous sous les draps, dit Odile.

Et elle tomba pour de bon dans les bras de Jim.

Quand Jules rentra vers minuit il trouva sur sa table les restes bien rangés d'un petit dîner, et dans son lit, comme une flèche, l'odeur fraîche d'Odile et du savon anglais à la mode qu'elle traînait toujours dans son sac.

Le lendemain Jules et Jim, en train de travailler

chez Jules, entendirent un joyeux « Youp ! Youp ! » par la fenêtre ouverte. C'était Odile qui passait, accompagnée d'un grand compatriote. Elle avait ses pieds nus dans des sandales de moine, une longue cape espagnole noire, un grand chapeau de paille bleu foncé genre armée du salut. Elle leva vers eux son visage transparent, encadré de sa chevelure blonde, et leur envoya un rire en roulade. Ils virent jusqu'au fond de sa gorge saine et les attaches de son long cou blanc. « A tiout à l'heure ! » leur cria-t-elle.

Elle vint souvent — quand elle voulait — toujours la bienvenue. Jim se demandait pourquoi elle l'avait choisi au lieu d'un des beaux jeunes hommes de son pays qui l'entouraient.

— Mais elle l'a dit, répondit Jules. Elle apprend avec vous la culture latine : une liberté de mœurs, sans brutalité ni fausse honte. Elle a un instinct sûr et sait ce qu'il lui faut. Les femmes de son pays séjournent à Paris dans de grands hôtels, avec leurs hommes et ne goûtent d'ici que le cadre.

— Mais suis-je si latin ? dit Jim. Un de mes arrière-grands-pères était nordique, je ressemble à son portrait, et je suis encore plus grand que les amis d'Odile.

— C'est ce huitième de sang de sa race qui vous rend possible pour elle, et aussi le fait que vous avez vécu assez longtemps dans son pays pour en prendre la tenue extérieure.

— Quel mélange, cette Odile !

— J'ai eu le temps de *parler* avec elle plus que vous. Elle est d'origine aristocratique par son père, populaire par sa mère. Grâce à cela elle ignore la moyenne et elle enseigne à ceux qui la regardent...

— Qu'enseigne-t-elle ?
— Shakespeare, dit Jules.

Un jour Odile emmena Jim chez elle. Il ne savait pas qu'elle en eût un. C'était un appartement de trois pièces, donnant sur une impasse, dans une vieille maison d'un quartier modeste. Les deux premières pièces étaient vides, plancher de bois lavé, très propre. Aux murs, d'anciens papiers à fleurs.

La troisième, aux murs blanchis à la colle, ne contenait qu'un grand lit-matelas, à même le sol, avec des draps brodés : une bonne couche pour deux. Les oreillers étaient superposés et non côte à côte.

Sur la cheminée de marbre noir, assises, une rangée de poupées. Par terre, à côté du matelas, à portée de la main, une ligne d'animaux à poils et à plumes, blancs pour la plupart, des usés, et aussi des tout neufs, ce que Londres et Paris produisent de mieux dans ce genre.

Odile s'assit sur son lit et les inspecta. Elle agissait toujours comme si elle était seule, et ne faisait tout le temps que ce qu'elle avait envie de faire. De là le respect de Jules et de Jim pour elle, que sentait Odile, et qui la rendait à l'aise avec eux.

Elle empoigna une à une ses bêtes et leur parla, après une séparation de quelques jours, semblait-il. Jim, assis par terre, contre un mur, se croyait dans une nursery avec une petite fille. Odile découvrit une tache sur son mouton blanc bêlant, l'arrosa d'essence et le frotta avec la manche d'un pyjama de soie blanc. Puis elle brûla une lettre, le mouton prit feu. Elle le roula dans son couvre-pieds. Jim s'attendait à un incendie. Il n'en fut rien.

Jim comprit par bribes qu'une vieille voisine faisait

le ménage, qu'Odile avait habité là des mois, peut-être avec son mari, qu'elle avait vendu aux voisins et à des brocanteurs tous ses meubles, sauf la literie, les poupées et les animaux, que c'était bien plus beau comme ça, qu'elle allait liquider le reste, en n'emportant que des valises.

Jim cherchait pour eux un pied-à-terre autre qu'une chambre d'hôtel. Il eût volontiers acheté le tout et pris la suite du bail. Rien ne pouvait mieux encadrer Odile que ce logis désert. Mais il était peuplé pour elle de fantômes dont elle venait prendre congé. Il n'était pas question que Jim vînt s'étendre sur ce lit à côté d'Odile et de ses bêtes.

Odile, aidée par Jim, fouilla les placards et la cuisine. Elle lui tendit une bouteille pleine :

— Moi emporter ça !

— Qu'est-ce que c'est ? dit Jim.

Elle eut un air grave :

— Ce être vitriol. Ce être pour z'œils d'un homme menteur. Lui revenir un jour. Moi garder ça pour lui. Moi avoir appris ça au café. Filles modèles dire juges toujours gentils et pas punir fort.

Jim lui expliqua qu'elle allait casser la bouteille entre tous ses paquets, se brûler les pieds, et qu'on pouvait acheter du vitriol partout. Elle dit :

— Oui, mais pas même bouteille que moi a juré jeter.

Elle finit par se laisser convaincre et vida le liquide, à regret, dans le trou de l'évier où il moussa.

Jim assista sans intervenir, en s'empêchant de rire et en déplorant l'absence de Jules, à la vente du linge et du matelas à des voisines, par Odile, qui se révéla femme d'affaires à la fois avertie et conciliante.

Un des beaux jeunes gens de la bande d'Odile vint inviter Jim à un souper avec eux. Jim le connaissait peu, avait pour lui de la sympathie. Il allait accepter.

— Non, dit Odile. Moi pas vouloir mélange.

Elle alla seule au souper.

Odile expliqua à Jules :

— Eux traiter moi bien, comme une dame. Jim même chose. Pourtant ce pas être pareil et moi pas vouloir l'un voir l'autre. Et eux vouloir peut-être changer Jim.

Odile apprenait toujours avec Jim, d'une façon fort attachante pour lui. Elle surgissait quand elle voulait, riant toute seule de la Création et poursuivant sa pensée à voix haute. Ils eussent voulu recueillir ce qu'elle disait, mais sa présence débordait tout et les en empêchait.

IX

DANS LES DUNES

Odile et Jim eurent envie d'aller passer quinze jours au bord de la mer. Odile voulut *emporter* Jules, Jim le désirait, et Jules ne demandait pas mieux.

Ils prirent gaiement le train, en deuxième classe, car il n'y avait pas de troisièmes, jusqu'à Amsterdam, qui les amusa, surtout les cafés sérieux. Jamais Odile et Jules n'avaient manié d'aussi gros dominos.

Les agences n'avaient plus rien à louer en bordure de mer. Jim dut rouler deux jours à vélo, le long de la côte, avant de trouver la maisonnette rêvée : isolée, tapie entre les dunes, écrasée sous le vent, blanche dehors et dedans, et sans meubles.

Quand Jim revint après minuit, dans leur petit hôtel, et grimpa l'escalier-échelle de leur chambre qui ressemblait à une cabine de bateau, il trouva Odile dormant la joue sur son pyjama à lui, bien plié. Elle avait l'air d'un ange.

La lumière l'éveilla, elle dit :

— Moi sage, moi coucher tout seule !

Jules entrait, il leva un doigt :

— Parce que moi avoir pas voulu toi dans mon lit.

— Toi bête, dit Odile. Toi pas comprendre moi

vouloir moi dans ton lit, parce que moi pas avoir mes animaux et moi pas aimer dormir tout seul... mais moi sage pour Jim !

— Mais peut-être moi pas sage ! fit Jules.

Elle lui fit des yeux indignés.

Ils s'installèrent dans la maisonnette, louèrent deux matelas, trois chaises, une table, des casseroles. Odile et Jim couchèrent en bas, dans l'unique grande pièce, et Jules dans le grenier. Une petite cuisine faisait aussi salle de tubs.

Odile se révéla ménagère, à sa façon. Elle lavait à grande eau le parquet deux fois par semaine. Après elle jetait dessus des peaux de figues et de bananes, des noyaux de pêches, sur lesquels on glissait la nuit. Elle disait :

— Ça pas sale. Et moi avoir droit, puisque moi laver.

Jules et Jim, avec leurs pipes, allaient au marché. Ils rapportaient des paniers de légumes et du lait. C'était leur heure ensemble. Les pêcheurs venaient offrir leurs poissons. Odile les recevait vêtue d'un pyjama dont le fond avait un grand trou et elle leur racontait des histoires incroyables, dont ils ne comprenaient goutte. — Le trio était connu dans le pays sous le nom de *les trois fous,* mais, à part ça, bien vu.

Ce fut, au début, paradisiaque. Odile s'amusait tout le temps. Jim prenait des bains de blondeur la nuit, et des bains de mer le jour. Jules jouait des heures avec Odile, puis il travaillait à un roman, dans son grenier, sa chaise sur la trappe qui y menait, pour échapper aux invasions d'Odile.

Jules apportait à Odile et à Jim leur café au lait et

leurs tartines grillées et beurrées dans leur lit, le matin. Il pensait que cet amour charmant mais qui s'assouvissait à l'extrême, serait bref. De plus en plus les nuits d'Odile appartinrent à Jim et ses journées à Jules.

Aux repas, Jim était parfois fatigué, et Odile désagréable avec lui. Comme Jules ne prenait pas le parti d'Odile, elle eut des colères contre les deux, les appelant : « Bourgeois, petits artistes, écrivains de rien du tout. » Ils riaient. Jules répondait :

— Sans doute, tu as raison. Nous faisons ce que nous pouvons.

Odile reçut un paquet de lettres de Paris et de son pays. Elle n'en parla pas, mais elle devint sévère envers Jim et Jules après ces lettres.

Elle voulut un jour acheter six gros homards vivants aux pêcheurs, pour jouer avec. C'était beau mais cher. Jim expliqua que leur petit budget en souffrirait. Elle lui reprocha avec colère d'être avare. Elle ne craignait pas la vie simple mais elle était habituée à des afflux d'argent, de temps en temps, pour ses fantaisies. Elle joua aux courses, par correspondance, à Paris et à Londres.

La blanchisseuse vint, ayant perdu du linge. Odile prit violemment parti pour elle.

Au bain, ce matin-là, elle pataugea le long des vagues, comme d'habitude. Mais elle continua à s'éloigner sur la longue plage de sable, devint un petit point à l'horizon et disparut. Jules et Jim déjeunèrent et dînèrent seuls, sans trop s'inquiéter au début, car Odile conservait sa prudence au milieu de ses frasques.

Le soir on frappa doucement à la porte. C'étaient deux gendarmes qui encadraient Odile en costume de bain. Elle était allée jusqu'à une station balnéaire, à une heure de là, avait couru la ville dans sa tenue de baigneuse, ce qui était contraire aux règlements, et avait causé des attroupements. La police voulait bien ne pas la faire coucher en prison pour cette fois, mais à l'avenir Jim et Jules seraient tenus responsables pour ces infractions : amende et expulsion.

Odile, très à l'aise, était vivement intéressée par ce récit que Jules lui traduisait. Le plus jeune des gendarmes dit : « Elle est folle — ou bien elle est très maligne. » Ils partirent.

Odile raconta à son tour son escapade avec volubilité et des rires. Elle avait visité les magasins de jouets, parlé avec les enfants. Elle conclut :

— Femmes de la ville bourgeoises pas belles, jalouses parce que hommes regarder moi. Elles dire : faut mettre en prison Bohémienne.

On n'en parla plus. Mais parfois Odile déclarait soudain la guerre à ses deux compagnons.

Un jour, assoiffée de vengeance, elle essaya vraiment d'attenter à la vertu de Jules, et n'y réussit pas. Jim n'eût rien eu contre. Il avait eu sa part. Il aurait grimpé à son tour au grenier.

Odile résolut de les empoisonner. Quand ils eurent attaqué l'omelette fatale, elle leur dit :

— Vous pas trouver ça drôle de goût ? Vous pas méfiance de votre couisinière ? Vous marcher sur son figure. Vous pas comprendre elle furiousse ? Elle gentille, elle vous dire : arrêtez manger ça !

Ils eurent pourtant la colique.

Cahin-caha, la quinzaine tirait à sa fin. Ils passèrent par la grande ville où Odile s'acheta quatre paires de sabots. Jules et Jim la laissèrent imprudemment seule, à manger des glaces, devant la vitrine d'un magasin. Ils la retrouvèrent indignée, drapée dans sa cape espagnole, le chapelet de sabots sur l'épaule, entourée d'un cercle de spectateurs, comme une chanteuse des rues, et les réprimandant poliment :

— Quoi vous vouloir à moi ? Pourquoi vous regarder moi comme animal botanique ? Vous avoir jamais rien vu ? Vous être pas très civilisés ! Si vous continuer, moi appeler gendarmes. Quoi drôle chez moi ? Nez ? Bouche ? Manteau ? Sabots ? (Et elle les désignait du doigt.) Quand Jim et Jules revenir, eux battre vos têtes, pour sûr !... Les voilà !

Personne ne la comprenait. Jules et Jim surgirent. La foule s'écarta. Ils partirent vers la gare. Les petits enfants qui suivaient s'égrenèrent.

A Paris Odile retrouva, avec soulagement, ses compatriotes, et elle disparut pendant quinze jours. Après quoi elle réapparut, embrassa Jim et Jules. Elle reprit ses visites, moins fréquentes, et elle invitait parfois Jim à l'accompagner en lui confiant, vers minuit, au café, sa bouteille de lait à porter. Elle avait trouvé le dosage.

Jules parla à Odile de l'arrivée prochaine de Lucie et lui demanda de ne pas venir le voir, pendant quelques jours.

X

LUCIE A PARIS

Lucie était étendue sur le divan de Jules, le buste relevé par des coussins. Ils parlaient doucement et recréaient leur atmosphère.

On sonne. Jules ne répond pas. On re-sonne fort. Le voisin de l'appartement va voir ce que c'est. La porte de Jules vole ouverte, Odile apparaît dans sa cape, plus blonde encore que Lucie, entre et referme la porte.

— Ah ! vous être Lucie ! Jules défendre moi venir quand vous être là. Alors moi venir exprès ! Moi beaucoup curiousse pour vous. Moi contente connaître vous, même si vous pas contente connaître moi... Vous être bonne amie de Jules ou sa fiance ?

— Assez, dit Jules, Odile laisse-nous.

— Moi pas laisser du tout, dit Odile.

Jules se précipita, lui passa un bras autour de la poitrine, l'autre sous les jarrets, et l'emporta, bien qu'elle résistât des pieds et des mains en passant la porte.

— Ah ! criait Odile, comme il aimer elle ! Il vrai homme pour oune fois ! Il fort, il presque battre moi !

Jules la posa sur le palier, rentra, ferma à clef.

— Parlez-moi d'Odile, dit Lucie.

Jules le fit, sans mentionner d'abord la liaison avec Jim. Mais Lucie devina : « Elle est si fraîche, si hardie, Jim n'a sûrement pas plus résisté qu'avec Gertrude ! »

Jim désirait que Lucie sût son aventure avec Odile. Jules la raconta donc, à la Jules.

Lucie écoutait, grave, souriait parfois un peu avec Jules. Elle lui dit :

— Je voudrais prendre le thé avec vous, Jim et Odile la semaine prochaine. Est-ce possible ?

— Sûrement, dit Jules.

Odile, expulsée par Jules, avait couru au café où elle attendit Jim.

— Marvellous, lui dit-elle, moi avoir vu Lucie chez Jules. Lui battre moi devant elle. Elle maître femme ! Elle pas bouger sur sofa, pas parler, pas remuer un poil de l'œil. Moi bien regarder elle pendant que moi battue. Elle plus fort que moi, elle gagner ce jour-là. Mais moi revanche !

Et Odile partit en courant.

Jim aurait aimé voir cette scène, Jules et Lucie la lui raconteraient. Il avait été convenu que Lucie verrait d'abord Jules seul, chez lui, l'après-midi, et que Jim viendrait la voir chez elle, après le dîner.

Il y alla, avec un besoin soudain de retrouver Lucie. Il entra dans la petite pension tranquille et commença à monter les deux étages de l'escalier de bois, vers la chambre de Lucie, dont il savait la place et dont il avait vu les fenêtres éclairées.

Il entendit un trot léger le rattraper et il sentit une de ses jambes agrippée par deux bras. C'était Odile. Elle avait filé Lucie, de chez Jules jusqu'à la pension, avait parlé à Jim au café, conçu des doutes, elle s'était cachée et avait suivi Jim depuis le café jusqu'à ladite pension où elle était entrée derrière lui.

Assise sur une marche de l'escalier, ses yeux bleus levés vers lui, heureuse de son coup, résolue, elle entama un de ces interrogatoires qui lui étaient chers :

— Toi aller voir Lucie ?

— Oui.

— Non. Toi pas aller. Toi rester avec moi. Moi être ton femme ce soir. Toi amouroux pour Lucie ?

— Moi ami pour Lucie.

Il fit un effort pour dégager sa jambe. Cela monta Odile d'une marche. Il essaya de dénouer ses mains.

— Toi, Jim, écouter moi ! Si toi ami seulement, pourquoi Lucie pas recevoir toi dans salon, comme dame bien élevée ? Pourquoi dans son chambre ? Moi permettre dans salon, avec moi. Si toi vouloir monter chambre sans moi, moi faire scandale tout d'souite, moi crier que Lucie ta maîtresse, que moi ta pauvre fiance. Moi crise nerfs. No bon pour répioutation Lucie.

Jim était certain qu'Odile allait faire tout ça. Elle n'avait rien à y perdre, passant pour folle dans le quartier — et Lucie beaucoup. Il réfléchit vite. Odile ne devait pas connaître les secrets de Lucie : elle s'en servirait trop. Il capitula, amusé par l'audace d'Odile.

— Soit. Mais je dois prévenir d'un mot Lucie qui m'attendait.

— Soit, répéta-t-elle.

Il écrivit, dans le salon : « Chère Mademoiselle, il m'est malheureusement impossible de venir vous présenter mes hommages ce soir. »

— Très, très bien, dit Odile qui lisait par-dessus son épaule. Viens.

Elle remit la lettre à la concierge de la pension, et elle donna le bras à Jim jusque chez elle.

Jim pensait : « Lucie et moi, nous avons le temps. Odile et moi cela mourra bientôt. » Et il se laissa aller à Odile.

Le matin, il alla chez Jules. Ils se racontèrent les faits de la veille. Jules fut attristé pour Lucie.

— Vous êtes très influençable, Jim, dit-il presque sévèrement.

— Très, dit Jim.

— Odile n'aurait pas osé me faire cela.

Jules était fier d'avoir expulsé Odile, de vive force, devant Lucie, et Jim était étonné de cet acte incroyable dans la vie de Jules.

Jules poursuivit :

— Je demande trop aux femmes et je n'obtiens rien.

— Et Magda ? dit Jim.

— Elle voulait me changer et m'adapter à elle. Vous obtenez les femmes, mais elles vous ont.

— Oui, dit Jim, et c'est justice, mais qui possède le plus une femme, celui qui la prend ou celui qui la contemple ?

— Il faut les deux, dit Jules.

L'après-midi Jim alla trouver Lucie chez Jules qui sortit bientôt pour les laisser seuls. Lucie avait été surprise de recevoir le mot de Jim, apporté « avec une dame », lui avait-on dit, la veille au soir. La scène de l'escalier n'avait pas été vue à la pension.

Jim baisa les mains de Lucie, sans oser approcher son visage. Il venait de sa salle de boxe, où il avait fait un dur assaut, comme pour se punir. Malgré la douche qui suivit il se sentait encore tout imprégné d'Odile. Devant Lucie, il avait un regret. Influençable, disait Jules... Il parla d'Odile à Lucie, sans l'atténuer, en la plaçant implicitement moins haut que Lucie.

— Non. Il ne faut pas, dit Lucie. Elle est si jolie et si sauvage.

Jim sentait le sentiment que Lucie avait pour lui, et qui le rendait chaste en sa présence. Il sentait aussi la patience de Lucie, qui lui faisait presque peur.

Jules rentra et les égaya.

Jim, moulu de son assaut, demanda la permission de s'étendre sur le tapis comme sur de l'herbe. Elle lui fut accordée. Une de ses épaules reposait sur le sol, l'autre presque.

— Ce serait bien le moment de lui faire toucher les deux épaules, à ce tombeur-là ! dit Jules, qui s'était approché et qui le surplombait.

— Essayez, dit Lucie.

— Puis-je, Jim ? dit timidement Jules.

— Oui, dit affectueusement Jim.

Jules visa et s'abattit de tout son poids sur l'épaule qui était en l'air, Jim roula sur le sol et bascula Jules dont les épaules touchèrent.

— J'aurais dû m'en douter, disait Jules, fier de Jim. Quel artiste !

— Non, dit Jim, je débute en lutte.

— Et en boxe ? demanda Lucie.

— En boxe ? Je me défends, dit Jim. J'aime la boxe autant que les échecs.

A son étonnement Lucie désira le voir boxer. Cela existait donc pour elle ?

Ce soir-là Jim coucha chez lui, c'est-à-dire chez sa mère, dont il partageait, moitié moitié, l'appartement. Là il ne recevait personne de ses relations du quartier. Jules et lui n'en aimaient pas l'atmosphère pour causer. Mais quel refuge pour le travail de Jim. Odile elle-même ne l'avait jamais forcé.

Il songea à présenter Lucie à sa mère.

Lucie invita Jules, Jim et Odile pour le thé projeté. Odile, contente, fit une répétition devant Jim pour être sûre de se tenir à la mode de Paris.

Au thé, dans une pâtisserie cosmopolite, elle parla de son excellente éducation interrompue et se comporta mi comme une princesse exotique, mi comme une gamine des rues. Lucie lui laissa l'initiative et Odile en usa. Elle avait dans sa face, aussi allongée que celle de Lucie, un jet de sang bleu, et son parler était d'une sonorité affinée. Mais les expressions de son visage étaient crues. Elle ressemblait à la « shrimp girl », la fille aux crevettes, de Hogarth, tandis que Lucie semblait être une petite fille de Goethe.

Avec la crainte qu'Odile ne fît quelque éclat nuisible à autrui en général et à Lucie en particulier, mêlée à un grand amusement, Jules et Jim passèrent une heure très montagnes russes.

Odile cessa presque d'être jalouse de Lucie à propos de Jim, tant Lucie fut impeccable, et tant Odile vit l'amour de Jules pour Lucie.

Odile déclara plus tard que Lucie était très belle, mais avait peur de *faire autre.*

Jim regarda les mains calmes de Lucie. Odile avait de petites mains comme des pinces, des machines à saisir. Elle exagérait tout, pour attirer l'attention, et ses trucs de clownesse, géniaux à première vue, lui parurent limités et sus par cœur, comme ses portraits qu'elle dessinait en dix coups de crayon.

Jules fut brillant et concis. Se rappelant la soirée avec Gertrude, Lucie pensa qu'il ne fallait pas trop le laisser « traîner ses savates » comme disait Gertrude, et ce dont Odile se chargeait. Il sembla à Lucie que, pas plus que Gertrude, Odile ne pouvait être un lien durable pour Jim.

Jules et Jim, une fois rassurés, goûtèrent les questions impudentes d'Odile et les réponses fabiennes de Lucie.

Jules sentait, non sans émoi, l'attention cachée que Jim portait à Lucie.

XI

LUCIE ET ODILE

Odile dit à Jim :

— Je voudrais toi rencontrer mon ex-mari.

— Bon, dit Jim.

Elle l'emmena dans un long et étroit atelier vitré. Un ex-mari était là, très jeune, plutôt efféminé, parlant vite et avec précision. Il ne déplut pas à Jim. Ils prirent le thé, jouèrent aux échecs, firent partie nulle. Odile qui n'y connaissait rien les conseillait.

L'ex-mari dit à Jim :

— Odile m'a parlé de vous et m'a dit la place que vous tenez dans sa vie. Je vous félicite. Seulement je dois vous prévenir que depuis quelques jours il nous est arrivé, à Odile et à moi, d'évoquer le passé et de... reprendre nos relations d'époux.

Jim eut la vision d'un tabouret qui filait en arrière, d'une Odile détendue en ressort, presque horizontale, avec ses petites mains dures tendues en avant, qui saisirent son ex-mari à la gorge et le renversèrent. La lampe à pétrole roula à terre, sans s'éteindre. Jim la ramassa et éclaira. L'ex-mari était sur le dos, Odile à cheval sur lui, disant :

— Toi avoir promis rien dire !

— C'est fait, en tout cas, dit-il.

Il avait détaché et maîtrisé les mains d'Odile. Ils se relevèrent. Il s'épousseta calmement.

Les deux hommes hésitèrent, se serrèrent la main, et Odile sortit avec Jim.

Cela confirma à Jim la volonté qu'avait Odile de lui bien cacher ses hommes.

Odile emmena Jim à son hôtel. En route ils achetèrent de quoi dîner, et les petits paquets blancs et gris de l'épicier et du fruitier gonflèrent ses poches.

Il faisait froid. « Nous allons faire grand feu », dit-elle. Elle se dévêtit, s'assit nue par terre, les jambes écartées, un pied appuyé à chaque montant de la cheminée, empoigna à pleines mains les blocs de charbon gras qui se trouvaient dans les seaux, les fracassa joyeusement les uns contre les autres, en leur parlant, parsema le tapis d'éclats noirs et bâtit en un rien de temps un haut feu ronflant. Comme elle s'était entre-temps frotté le corps avec ses mains, elle était truffée de noir. Elle pria Jim de couper la lumière et joua dans la lueur du feu à se chauffer sur toutes les faces, de si près que Jim craignit qu'elle ne se brûlât. Elle balaya les éclats de charbon et courut toute nue à la salle de bains de l'étage, à la porte à côté.

Elle revint fraîche, l'innocence même, se coucha, appela Jim, et entreprit de lui faire oublier son ex-mari.

« Quelle ampleur, pensait Jim, prend chez elle l'allumage d'un feu. Elle fait toutes les choses à fond, une par une. Jules prétend que, comme sa presque homonyme Ondine, elle n'a pas d'âme. Comme c'est reposant ! »

Jim et Jules menèrent Lucie et Odile au bal des Quat-z'Arts. — Lucie était vêtue en prêtresse et Odile dévêtue en sauvageonne, sous une écharpe de rafia.

La première heure, Odile, qui n'avait jamais rêvé une pareille fête, se cramponna au bras de Jim, intimidée, n'en croyant pas ses yeux. Puis, comme des femmes, à cheval sur les épaules d'hommes, dominaient la foule, elle grimpa sur celles de Jim, qui sentait ses cuisses lui serrer les oreilles, et il la promena à travers la cohue grandissante. Elle s'animait et commençait à parler tout le temps.

Jim vit deux grands jeunes gens qui causaient entre eux et qui avaient remarqué Odile. Elle dut leur faire des signes car ils s'approchèrent et se présentèrent à Jim : l'un d'eux était américain, et l'autre prince d'une province russe fertile en princes. Tous deux avaient de beaux costumes et de beaux muscles. Ils s'offrirent à promener Odile, si Jim était fatigué.

— Qu'en dis-tu, Odile ? fit Jim.

— Moi bien contente avoir les trois plus grands chevaux du bal, dit Odile, et pouvoir changer quand j'aime !

Elle passa ainsi sur les épaules de l'Américain puis du Russe qui la menèrent dans tous les coins où elle voulut aller. Et de temps en temps elle revenait faire un tour sur les épaules de Jim. « Elle a bien choisi », pensa Jim, et il retourna auprès de Jules et de Lucie. Ils entrèrent tous les trois dans la loge d'un atelier, où un cercle regardait, à terre, une exhibition lesbienne. Lucie d'abord ne comprit pas, croyant à une lutte bizarre de femmes nues, mais quand elle vit mieux elle poussa un gémissement et demanda à Jim et à Jules de s'éloigner.

Déjà les orchestres tonnaient les marches fameuses, et le grand défilé de chars commençait. Les nudités du cortège donnaient l'exemple. On arrachait des tissus. L'Américain et le Russe eurent fort à faire pour protéger le bout de pagne d'Odile, dont l'écharpe de rafia était loin. — Il y avait là tous les modèles de Paris, les affranchies, des femmes d'artistes, et des voyeuses, comme Lucie, qui ne prenaient pas vraiment part.

Lucie attirait les regards, Jules et Jim n'avaient eu pourtant à arrêter qu'une main qui voulait l'atteindre. Elle était contente de vivre tout cela avec eux, elle avait un sourire étonné.

Les deux porteurs d'Odile vinrent sans elle demander poliment à Jim s'ils pouvaient la garder à souper, avec des amis.

— Comme elle voudra, dit Jim. Faites attention, le vin la rend malade.

— Compris, dit le Russe. Nous ne voulons gâter ni sa soirée, ni la nôtre.

— Ni la vôtre, ajouta l'Américain.

Lucie, Jules et Jim eurent un souper léger et tranquille. Lucie s'inquiéta d'Odile.

— Elle ne fait que ce qu'elle veut, et elle est en sûreté partout, dit Jules.

Jim était de son avis.

Vint le concours de beauté. Des femmes nues, modèles pour la plupart, le corps lissé de poudre, et fardées, paraissaient une à une, pour un quart de minute, sur une estrade projetée du balcon, et l'intensité des ovations exprimait le jugement de la foule. Jim aperçut de loin, avec surprise, Odile dans la queue de celles qui attendaient leur tour. Il s'approcha, sans se montrer. Elle avait une expression dure qui la lui rendait étrangère. Elle avait conservé son pagne minuscule, qu'on lui arracha — c'était la règle — et on la poussa sur l'estrade, dans l'aveuglant faisceau lumineux. Elle esquissa le geste de la Vénus pudique. Une main retira sa main. Elle se laissa faire. Elle se tint là un moment, toute son énergie bandée sur cette expérience. Sa beauté, finement gréée, portait moins en ce lieu. Il fallait des formes puissantes pour ce gros décor. On ne lui laissa pas le temps de commencer sa chanson. Une ovation retentit dans laquelle Jim perçut la voix du Russe.

— Quel courage elle a ! disait Jules.

Lucie la plaignait. Jim pensait : « Ce corps gracieux, ce faux ange, je la perdrais, elle me perdrait sans sourciller. »

Il y eut des gens ivres, des hurlements et des crises de nerfs. Les danses reprirent. Des couples partaient.

Jim fit le tour de la salle, souhaitant presque ne plus trouver Odile. Il ne la trouva pas. « Qu'elle apprenne ! » pensa-t-il. — Lucie en fut attristée. Jules avait eu une nuit heureuse auprès d'elle. Ils la reconduisirent à sa porte.

Le lendemain soir, au café, Odile vint s'asseoir à côté de Jim.

— Pourquoi toi avoir laissé moi partir avec l'autre ?

— Lequel, Odile ?

— Le Russe.

— Parce que tu le désirais, Odile.

— Moi le désirer parce que toi pas empêcher.

— Moi jamais empêcher toi, Odile.

— Alors toi pas aimer moi.

— Moi aimer toi à ma façon.

— Ta façon, elle a fait moi coucher avec lui. Quoi tu pensais ?

— Je pensais toi pas revenir avant huit jours.

— Lui très bien, bon amouroux, très très bien

— Pourquoi toi pas restée avec lui ?

— Moi trouver assez comme ça. Moi avoir envie revoir mon chambre.

Et elle lui tendit son litre de lait à porter.

Fallait-il le refuser ? Non, puisqu'il avait envie de connaître la suite. — Que ressentirait-il si elle tendait son litre de lait devant lui à un autre, ce qu'elle n'avait jamais fait ? — Elle ne lui donnait qu'une partie d'elle-même, mais lui aussi. Aurait-elle souhaité un amant dominateur et jaloux ? Elle eût pu le trouver facilement. Lui, Jim, était jaloux de ce Russe, mais il laissait Odile aussi libre qu'il voulait l'être. C'est aussi pour cela qu'elle revenait à lui.

Dans sa chambre elle lui montra la fine carte de visite du Russe, la jeta dans son pot de chambre qu'elle avait bien nettoyé et qui lui servait de coffret à billets doux et de carnet d'adresses, et elle proposa à Jim, sérieuse :

— Effaçons le Rousse ?

Ils l'effacèrent.

Elle partit pour un voyage en auto avec ses compatriotes, « pour toujours peut-être », disait-elle.

XII

LES VOYAGES DE LUCIE

Lucie et Jim firent seuls un voyage à l'aventure, sans itinéraire. Jules vint les installer dans leur train, et leur apporta un petit cageot de beaux fruits pour la route. Dans une ville de Bretagne, ils découvrirent une auberge ancienne, devant la façade de la cathédrale et toute proche d'elle. Tout en haut une pièce s'avançait, soutenue au-dessus du vide par deux poutres en potence, et semblait s'élancer vers la grande rosace. Ce fut la chambre de Lucie. Celle de Jim était juste au-dessous. Il y fut rarement. Le gros bourdon leur donnait des douches vibrantes.

Par grande chaleur, ils firent une excursion à vélo jusqu'à une petite église déserte, sur un tertre, entourée d'arbres et de son frais cimetière. Ils s'y promenèrent en se tenant la main et en lisant de touchantes inscriptions, sur des tombes de couples qui semblaient avoir été paisibles et unis. Ils s'assirent et se turent. Jim ne pouvait quitter ce cimetière. Il aurait aimé être là, couché dans une tombe à côté de Lucie. — Il fallut pourtant rentrer.

La route était longue, parfois dure. Lucie, en répartissant ses forces et en prenant des repos, fut à la hauteur. Elle était moins fragile que Jim ne le craignait. Elle eut pourtant une courte migraine. Jim, après de grandes fatigues, en avait de pires. Il pensait : « Si nous avions des enfants ensemble, ils seraient grands, minces, et ils auraient des migraines. »

Ils firent de lentes promenades à pied dans les bois, emportant leurs repas, que Lucie étalait sur la mousse. Jim avait son fusil sur l'épaule, il ne s'en servait pas.

Ils s'amusaient à imaginer et à organiser une maison de campagne idéale, leur futur foyer sans doute, si jamais ils en avaient un, avec les détails des meubles et du jardin. Lucie la bâtissait en lignes et en couleurs, Jim en lignes seulement.

Ils avaient une passion pour les beaux objets de cuir et ils s'en faisaient des cadeaux.

Plus bas, vers le Sud, Jim emmena Lucie à la chasse en mer, dans une barquette à voile, avec un vieux marin. C'était du beau tir. Lucie était aussi fine que le plus fin des oiseaux. Jim se prit de pitié pour leurs corps qui ensanglantaient le fond de la barque, et il cessa de tirer. Lucie lui sourit.

Il y eut un léger accident et pendant une minute Jim put craindre d'avoir un œil crevé. De son autre œil il put voir que Lucie, si cela avait été possible, lui aurait donné un des siens.

Ils trouvèrent derrière une forêt de pins une petite communauté paysanne. Un couple, s'il était agréé par tous les autres, pouvait y acquérir pour une faible somme une maisonnette de bois neuf, avec deux grands lits en alcôve, incorporés dans la charpente (Jim pensa au lit d'Ulysse), un âtre tirant bien, un jardin sablonneux suffisant pour les pommes de terre. Le poisson, abondant, eût complété la nourriture.

C'est une vie simple comme celle-là que Jim souhaitait, sans avoir l'énergie de la saisir au vol.

Lucie avait la crainte du physique dans l'amour.

Il se sentait avec elle comme avec une abbesse, il se demandait s'il pourrait l'aimer continuellement. Elle était la voie étroite et certaine. Il avait en lui un besoin d'escalades, de risques, et il se le reprochait.

Un jour Lucie et Jim furent surpris par un ouragan sur la rivière. Le vent, la pluie, le courant étaient contre eux. Jim ramait de toutes ses forces sans faire avancer la barque. Lucie, qui barrait, passa derrière lui, prit la seconde paire de rames, s'installa sans bruit et régla si bien son léger effort sur celui de Jim, sans heurter une seule fois ses rames, qu'ils réussirent à rentrer au port.

Ils parlaient parfois de Jules. Par une lettre adressée à eux deux, Jules invita Lucie à venir passer avec lui aussi quelques jours au bord de la mer. « Ce serait bien, dit Lucie, si j'étais sûre qu'il n'a plus son idée. » Jim souhaitait que Lucie acceptât.

Le dernier jour vint. Ils avaient eu un mois, gravé en eux par les petites choses parfaites qu'ils avaient vécues ensemble.

Ils se séparèrent, la gorge serrée. Pourtant rien ne les y forçait.

La veille de son départ avec Lucie, Jules dit à Jim :

— Lucie et moi nous prendrons des bains de mer. J'ai le dos et la poitrine... velus (il hésita à prononcer ce mot). Il y a des femmes qui aiment cela, mais Lucie sûrement pas. Je ne veux pas aller dans un *institut*. J'ai commencé à m'épiler seul, mais je n'y arrive pas. Jim, voulez-vous m'aider ?

Et il tira de sa poche un gros pot d'une pâte épilatoire.

Jim se rendit compte que Jules, qui l'avait vu souvent nu sous la douche, lui avait toujours caché son corps. Jim trouva Jules court, taillé comme un légionnaire romain, avec des poils noirs frisés, différent de l'élancement et de la lisseur de Lucie, d'Odile, de Jim lui-même, mais bien fait.

Pourquoi Jules haïssait-il son type et ne voulait-il pas épouser sa jolie cousine qui s'offrait, qui lui ressemblait, et qui aurait fait avec lui un couple assorti ?

N'était-ce pas parce que Lucie était trop sa sœur physique que Jim hésitait tant à la vouloir pour femme ?

Jim épila le dos de Jules, et cela l'amusa. Il fallait faire fondre la pâte résineuse, la bien étaler sur les poils, laisser sécher un moment et arracher la plaque d'un coup sec. Peu à peu les formes de Jules apparurent plus nettes.

Quelle serait l'impression de Lucie ? — C'était impossible, mais Jim eût souhaité que Jules pût la conquérir.

Lucie et Jules eurent ensemble une semaine paisible. Il fut réservé, et Lucie lui en sut gré. Elle lui abandonna ses pieds à sécher quand elle sortait du bain. Jules put prendre sans gêne, le torse nu, des bains de soleil à côté d'elle. Il essayait de s'apaiser avec une pensionnaire blonde d'une maison de rendez-vous dans la ville voisine. Et il fit de nouveaux poèmes pour Lucie.

Elle exprima à Jules ses inquiétudes au sujet de Jim. Elle admirait et redoutait sa liberté.

— Dès que Jim a envie de faire une chose, dit Jules, et dans la mesure où il ne croit pas nuire à autrui (il peut se tromper) il la fait, pour son plaisir et pour en tirer la leçon. Il espère arriver un jour à la sagesse.

— Cela peut durer longtemps ? dit Lucie.

— Nous ne pouvons pas savoir, dit Jules. Lui non plus. Et il peut rencontrer un miracle.

— Mais enfin, dit un jour Lucie, vous avez l'air de considérer Jim comme chaste !

— Assurément, dit Jules. Les vrais passionnés le sont. Il est plus chaste que moi et que la plupart. Je l'ai connu des mois sans une femme et sans en chercher. Il ne suivrait guère une inconnue dans la rue. Il a la curiosité et le culte du caractère et il ne cultive pas la volupté à part. Lina, avec sa façade, n'était pas un caractère : il l'a évitée à l'instant. Vous, Lucie, en êtes un. Gertrude, Odile aussi. (Jules pensa : Magda n'était qu'un demi-caractère, aussi m'est-elle échue.) Vous êtes une unité, Jim aussi. Je meurs d'amour tour à tour pour vos pieds, pour vos cheveux, pour vos lèvres. Les êtres directs ne sentent que l'ensemble. Certains diraient que Jim est un *tombeur* de femmes. Je dis que c'est un *tombé* par les femmes. Vous, Gertrude, Odile, vous l'avez choisi avant qu'il ne vous choisisse.

— Ou bien en même temps ? dit Lucie.

Lucie alla ensuite passer quelques jours à la montagne, avec un amoureux venu de son pays, dont elle avait montré une photo à Jules et à Jim. Jules pensait qu'elle n'avait pas avec lui l'intimité naturelle qu'elle avait avec Jim, mais qu'il pourrait devenir dangereux si Jim disparaissait.

Lucie rentra au foyer paternel.

XIII

LE SOURIRE ARCHAÏQUE

Jules et Jim partirent pour la Grèce.

Depuis des mois ils avaient préparé ce voyage à la Bibliothèque nationale. Jules avait défriché pour Jim les livres essentiels. Quand Jim était fatigué de lire il allait retrouver Jules entouré de grands plans de temples écroulés et les reconstituant selon les indications des textes. — Jules avait fourbi son grec ancien et entrepris le grec moderne.

Ils partirent avec des bagages minimes. Ils s'étaient fait faire de clairs costumes pareils. Ils embarquèrent à Marseille pour Naples. Jim se coucha à l'extrême avant du bateau et regarda l'étrave couper l'eau bleue. Jules relisait ses gros livres et venait de temps en temps expliquer à Jim des points importants. Ils avaient la même cabine et leurs couchettes étaient superposées, Jim en haut. Ils parlaient encore la nuit. Ils aimaient quand le hasard les faisait coucher dans la même chambre, mais ils demandaient toujours deux chambres.

Jim s'intéressait à l'origine de la nette petite incision circulaire que portent les colonnes doriques, au-dessous du chapiteau.

A Naples Jim fut fasciné par les « ceintures de Vénus » de l'aquarium, ces petits êtres en tissu presque invisible, ces tuniques vibrantes qui portent en elles, à la taille, un anneau d'arc-en-ciel.

Ils visitèrent à fond le musée antique. Ils virent Paestum, les trois temples, et le miracle grec commença pour eux.

Jules fit la connaissance d'une jeune Napolitaine. Il lui envoya des fleurs et des bonbons.

De là ce fut Palerme, les mosaïques. Ils allèrent à pied au temple de Ségeste, dédaignant les ânes. Ils se sentaient pèlerins et payaient volontiers la beauté avec une journée de fatigue. Jules récitait de l'Homère. A Sélinonte ils virent, fauchés par les tremblements de terre, les temples géants, dont ils avaient étudié les plans à Paris. Jules trouvait tant de plaisir à les rebâtir pour Jim qu'il dit, devant un temple resté debout : « Quel dommage ! »

Syracuse, la fontaine Aréthuse, ces noms plaisaient à Jim. Ils s'embarquèrent sur un pauvre petit cargo à quatre cabines qui sentaient le dentifrice et la friture. Une tempête survint et dura cinq jours. Jim qui n'avait jamais le mal de mer, se sentit mal à l'aise. Il resta sur sa couchette, avec des livres, et jeûna complètement. Jules mangea à tous les repas, avec des alternances d'euphorie et de dépression. Le cuisinier lui disait : « Tout de même, ce bifteck, Monsieur l'a gardé une heure. Il y a progrès. »

Le soleil brilla sur la Crète et ils remontèrent par mer calme vers le Nord. Ils guettaient intensément. C'est Jules le premier qui aperçut dans le lointain, minuscule, pâlotte, clignotante, l'Acropole.

Leur mois à Athènes fut plein de religion païenne. Ils se crurent grecs. Temples et musées les gonflaient de beau.

La Victoire Aptère leur évoqua Lucie. Une combattante sur un fronton, Gertrude, une danseuse sur un vase, Odile.

Ils firent à pied le cap Sounion, sous un dur soleil. Jim ne voulut ni boire, ni manger, ni fumer, et égala ce jour-là l'endurance de Jules. A pied aussi, à Tyrinthe et à Mycènes : la demeure royale, de blocs entassés, les bouleversa.

Jules, qui caressait les statues, souhaita toucher des formes vivantes. Ils se renseignèrent auprès d'un vieux guide, que Jules chercha longtemps, après l'avoir écarté le premier jour. Ils passèrent une soirée dans le seul bar où se tenait la haute noce d'Athènes. Là, des femmes de divers pays, sauf des Grecques. Une Germanique avait pourtant le type grec et ressemblait à une Gertrude jeune. Jules obtint un rendez-vous chez elle, pour le surlendemain, à midi. Il fut sur des épines jusque-là, et fit grande toilette. Quand il se présenta, une soubrette lui dit : « Madame est rentrée ce matin à neuf heures et m'a dit de ne pas la réveiller. » Jules s'en fut, désolé.

— Ce n'est pas surprenant, lui dit Jim, avec la vie qu'elle mène et le champagne qu'elle boit. Ce n'est pas intentionnel. Elle a été gentille avec vous avant-hier : elle le sera encore ce soir.

— Non, dit Jules, c'était maintenant. C'est fini.

Jules attendait un compatriote, ami d'université, un peintre d'avenir. « Sa femme, c'est la Grèce », disait Jules.

Albert arriva. Il savait le grec encore mieux que Jules. Il était grand et brun, pas beau, mais un caractère. Il leur montra sa collection de croquis et de photos. L'une d'elles représentait une déesse enlevée par un héros. Elle avait un sourire archaïque qui les saisit. La statue, récemment exhumée, se trouvait dans une île. Ils résolurent d'aller la voir ensemble.

Ils faisaient bande à trois et fréquentaient la pâtisserie-terrasse du parc, où venait la bourgeoisie d'Athènes. Ils cherchaient des visages du type grec ancien, ils n'en trouvaient pas.

Ils parcoururent ensemble le Péloponnèse. Albert était un maître sévère et exigeant. Ils voyaient les choses à fond avec lui. Jim le respectait, mais il était jaloux de lui par rapport à Jules. Il s'en aperçut et réagit. Il se nourrissait de la science d'Albert, il n'aimait pas son dogmatisme souriant.

A Delphes, les mulets commandés n'arrivant pas, ils partirent à travers les montagnes sur de pauvres petits ânes, avec un guide enfant, sous une pluie battante, dans des nuages bas. Ils s'égarèrent. Les selles dures les blessaient. Ils s'arrêtèrent dans une misérable auberge isolée. Sous la soupière il y avait déjà deux punaises. Albert revêtit, contre ces bêtes, un sac spécial, léger, qui l'englobait tout entier, comme un clown. Ils jouèrent au poker pour tuer le temps, dormirent tout de même, et repartirent.

L'eau donnait la typhoïde. Le thé des auberges était mal bouilli. Ils burent du vin résiné. Jim souffrit de la dysenterie et cela le rendit nerveux. A un déjeuner Albert exposa une fois de plus ses vues sur l'univers, qui impliquaient, somme toute, une supériorité de sa race.

Jim qui s'était tu longtemps éclata, voulant lui faire retirer ses paroles. Peut-être se seraient-ils battus. La présence tranquille de Jules les en empêcha. Albert fut étonné et Jim reprit sa politesse.

Sur un vapeur-joujou, ils arrivèrent dans l'île, coururent à leur statue et passèrent une heure avec elle. Elle dépassait encore leur espérance. Ils tournèrent longuement autour d'elle, en silence. Son sourire planait là, puissant, juvénile, assoiffé de baisers, et de sang peut-être.

Ils n'en reparlèrent que le lendemain. Avaient-ils jamais rencontré ce sourire? — Jamais. — Que feraient-ils s'ils le rencontraient un jour? — Ils le suivraient.

Albert continua ses voyages. Jules et Jim rentrèrent à Paris, pleins de la révélation reçue et croyant sentir le divin à portée des hommes.

XIV

LES CORBEAUX

Paris les reprit doucement. Odile était partie pour de bon dans sa patrie. Jules loua un petit appartement et ils le meublèrent ensemble. Jim dessina le grand lit à deux que désirait Jules : bas, avec un demi-disque à chaque bout, et la meilleure literie de Paris.

Qui Jules y mettrait-il ? — On verrait bien.

Ils avaient assez des cafés, ils travaillaient ensemble, et séparément. Le dernier roman de Jules avait eu du succès. Il y avait décrit, dans une atmosphère de conte de fées, des femmes qu'il avait connues, avant le temps de Jim et même de Lucie.

Jim avait, en dehors de Jules, une vie sentimentale française, à laquelle Jules ne désirait pas être mêlé.

Jules vint passer un mois en Bourgogne dans une maison de la mère de Jim, seul avec lui. C'était l'automne. Ils firent à pied, parmi les feuilles rousses tombantes, un pèlerinage jusqu'à Vézelay. Ils chassèrent. Jules rabattait des lièvres que Jim tuait parfois et qu'ils mangeaient.

Un après-midi, ils marchèrent loin, seuls, dans la plaine neigeuse. Un nuage de corbeaux planait. Jim dit à Jules de s'envelopper dans sa longue pèlerine brune, de baisser le capuchon et de courir en clopinant, et en tombant tous les vingt pas, un moment immobile, comme un animal mourant. Jules joua bien ce rôle. Jim s'était caché à quelque distance. Il vit les corbeaux former un grand disque tournoyant et suivre Jules. Le centre de ce disque s'abaissait et prenait la forme d'une trombe, dont la pointe descendait vers Jules qui ne la voyait point.

Soudain elle fut proche, et le nuage forma un tourbillon bas, prêt à s'abattre sur Jules. Jim eut crainte pour lui : il l'imagina couvert par ces bêtes, soulevant son capuchon, et piqué aux yeux.

Il sauta hors de son trou et tira. Les corbeaux hésitèrent à peine. Il courut et tira encore. Les corbeaux, à regret, remontèrent.

Jules était content du succès de sa ruse, Jim était ému, comme par un symbole qu'il ne comprenait pas.

Ils virent des églises romanes. La Lucie qu'ils y évoquaient était plus ressemblante que celle de l'Acropole.

II

KATHE

I

KATHE ET JULES

Paris.

Jules annonça à Jim un nouvel arrivage de filles de son pays, des Berlinoises cette fois. Jim eût préféré ne pas les voir et travailler tranquille, mais Jules lui expliqua qu'il faisait partie du programme et qu'il pouvait les aider beaucoup en leur consacrant peu de temps.

Elles étaient trois, n'avaient ni leurs yeux ni leurs langues dans leurs poches. « Elles n'ont aucun besoin de nous, pensa Jim, et elles ont beaucoup d'expérience pour leur âge. » Elles se mirent à peindre avec passion et semblèrent pourtant connaître Paris en huit jours.

L'une, Sarah, haute et noire, avait une beauté sévère et asiatique. L'autre potelée et vive, une beauté viennoise. La troisième, très blonde, à la peau brunie par le soleil, une beauté germanique. Elles faisaient sensation quand elles entraient ensemble dans un dancing.

Kathe, la troisième, *avait le sourire de la statue de l'île.*

C'est elle que Jim avait remarquée, et Jules la vit tous les jours, seul, pour son compte. Il n'invitait pas Jim à la rencontrer. Cela dura un mois.

Il venait voir Jim. Il resta secret, ce que Jim interpréta favorablement. Il dit à Jim :

— Venez passer avec Kathe et moi la soirée du 14 juillet, nous vous en prions... mais... (il regarda Jim en face et articula bas et lentement)... *pas celle-là ?...* n'est-ce pas, Jim ?

— Pas celle-là, Jules, répondit Jim.

Jim trouva chez Jules Kathe déguisée en jeune homme, dans un costume de Jules. Elle avait des épaules pleines, des hanches fines, une casquette de golf qui cachait les cheveux massés, de gros gants de cuir jaune, et un air brave et malin. Quelqu'un de non prévenu pouvait la prendre un moment pour un garçon.

— Que dites-vous de notre ami Thomas, dit Jules, pouvons-nous sortir ce soir avec lui ?

Jim examina Thomas, fit ajouter une ombre de moustache, tomber davantage le pantalon, et dit :

— Ça va.

— L'épreuve de la rue ! réclama Thomas.

Ils descendirent tous les trois le Boul'Mich' en s'arrêtant aux bals des carrefours. Jules et Thomas dansèrent ensemble. Ici et là, des remarques montraient que Thomas avait été deviné — des : « Zieute la môme !... », des : « Toi, t'es une gonzesse ! » Mais d'autres femmes étaient déguisées comme elle, et Jules et Jim étaient ses gardes du corps. Thomas tint bien le coup et eut du succès.

Jim était fier pour Jules.

Elle était bon camarade, désinvolte, avec une escrime gaie dans le dialogue. Plus « comédie » qu'Odile, et moins « farce ». Jim la considérait tellement comme à Jules qu'il n'essayait pas de s'en faire une idée nette. Le sourire archaïque, innocent et cruel, revenait de lui-même se poser sur la bouche de Kathe dès que sa face se détendait : il lui était naturel, il l'exprimait toute.

Jim les vit souvent, il se plaisait avec eux, avec un Jules pourvu d'une femme qui recevait bien. Ils chantaient et mimaient ensemble de vieilles chansons françaises. Ils faisaient aussi des courses de vitesse, des handicaps, tous les trois, le soir, le long du cimetière Montparnasse. Kathe gagnait, en partant avant le signal.

Les deux oreillers de Jules étaient maintenant côte à côte sur son lit, et ce lit sentait bon.

Jules dit à Jim qu'il voulait épouser Kathe et, un beau jour, qu'elle avait presque dit oui. Jim fut effrayé pour les deux. Il eut envie de dire : « Arrêtez ! Attendez un peu ! »

Kathe lui dit, devant Jules :

— Monsieur Jim...

— Non, interrompit Jules : Jim tout court.

— Jim tout court, reprit Kathe, je désire avoir un entretien avec vous et vous demander un conseil. Voulez-vous m'attendre demain soir à sept heures dans la première salle de notre café ?

Jim consulta Jules du regard.

— Oui, dit Jules, Kathe veut vous parler.

Savait-il de quoi ?

Jim arriva en courant à sept heures quatre au café. Il était en retard, comme souvent, par optimisme. Il était mécontent de lui, et craignait de n'être pas le premier au rendez-vous. Il chercha Kathe et ne la trouva pas. Il s'assit, attendit un quart d'heure et pensa : « Une fille comme elle peut parfaitement être venue... et repartie à sept heures et une minute, ne me trouvant pas. » Ce doute le travailla. Il prit machinalement un journal et le regarda. Il le reposa en pensant : « Une femme comme elle peut avoir traversé rapidement cette salle, sans m'apercevoir derrière mon journal, et avoir filé illico. » Il se répéta : « Une femme comme elle... mais comment est-elle donc ? » Et il se mit à penser directement à Kathe, pour la première fois. Il était sept heures trente. Il se dit : « Je vais attendre encore un quart d'heure. »

Il partit à huit heures moins dix.

Kathe, qui était plus optimiste encore que Jim pour la question temps, était allée chez le coiffeur, s'était fait shampooingner et onduler, et arriva toutes voiles dehors au café à huit heures, pour dîner avec Jim. Elle fut désappointée, attendit dix minutes et s'en alla.

Jules vint raconter cela à Jim le lendemain.

— Si j'avais supposé qu'elle pût encore venir, dit Jim, j'aurais attendu jusqu'à minuit.

Jules et Kathe partirent le jour même, pour se marier dans leur pays. Jim les mena au train, et donna à Kathe un drôle de petit tabouret pliant de poche pour mettre sous ses pieds.

Si Kathe et Jim s'étaient rencontrés au café cela eût pu changer bien des choses.

II

LE SAUT DANS LA SEINE

Sitôt mariés, et les obligations familiales accomplies, Jules et Kathe revinrent à Paris. Jim vint dîner chez eux. Le grand lit mérovingien était inauguré officiellement. Jules était heureux et s'occupait de tout. C'était vraiment enfin un homme. Jim le vit régler magistralement des questions de linge, de loyers, d'assurances, de bagages, et fut ébloui. Seulement il s'aperçut peu à peu que les solutions de Jules étaient du même ordre que le chapeau haut de forme dans le four du poêle. Kathe le voyait aussi et elle ne bronchait pas. Elle disait « oui » à Jules pour tout, et tout semblait en ordre. Il aurait souffert du moindre doute émis à ce sujet.

Il était le mari de la femme blonde de ses rêves.

Jim emmena Kathe et Jules dans un restaurant du quai Voltaire. Ce fut un déjeuner à loisir pour fêter leur mariage et chacun d'eux se composa un menu selon sa fantaisie. Kathe avait une robe de soie à raies multicolores.

Jules se mit à parler à Jim de faits littéraires qui les intéressaient tous les deux et qui ne pouvaient guère intéresser Kathe. Jim essaya de ramener la conversation vers Kathe. Mais en vain. Jules était lancé, et, dans son esprit, Kathe, femme d'écrivain, devait prendre goût à ces choses. Kathe avait son sourire archaïque et les yeux baissés. Que pensait-elle ?

Jules était charmant envers Jim mais sacrifiait Kathe bien inutilement, car ils avaient déjà eu de belles conversations à trois. Au lieu de cela le bon, le modeste Jules prenait la présidence et la gardait au-delà de toute attente. Il faisait presque du dressage avec Kathe. Jim se rappela la soirée où Magda s'était révoltée. Kathe ne pouvait, pensait-il, tolérer un tel Jules, et elle était autrement armée que Magda. Comment Jules pouvait-il être aussi peu clairvoyant ? Comment Kathe riposterait-elle ? Et leur amour ? — Jim souffrait pour eux deux.

A la fin de ce long repas, Kathe proposa d'aller se promener tout au bord de la Seine. Ils longèrent tous les trois l'ancienne écluse de la Monnaie, remontèrent le quai en face du square du Vert Galant. Jules parlait toujours. Soudain Kathe lâcha son sac à main et ses gants, écarta doucement Jules et Jim, et sauta toute droite dans la Seine.

« Oh my prophetic soul ! » cria en Jim une voix, tandis qu'il envoyait en pensée un baiser invisible à Kathe. Ce saut se grava dans ses yeux au point qu'il en fit le lendemain un dessin, lui qui ne dessinait pas. Un éclair d'admiration jaillit en lui. Celle-là, au moins, ne craignait pas de *faire autre !*

Jules était comme sous un jet de douche et il tremblait pour la vie de Kathe. Jim était tranquille, il avait vu le style de son plongeon debout et il avait entendu parler de ses exploits. Il nageait mentalement avec elle sous l'eau et il gardait son souffle avec elle, pour ne reparaître que le plus tard et le plus loin possible, pour bien effrayer Jules.

Le chapeau de paille de Kathe suivait tout seul le fil de l'eau, orné de l'épingle d'émaux dont sa belle-mère lui avait fait cadeau. Des secondes passaient. Jules tourna ses yeux vers Jim, croyant Kathe perdue. Jim lui fit signe d'attendre et lui désigna bientôt une tête blonde qui émergeait trente pas en aval, qui virait, et qui nageait vers la rive, avec son sourire inchangé. Elle se rapprocha avec peine et cria : « Ma robe me gêne ! Aidez-moi ! »

Jim sauta dans une barque, mais elle était enchaînée. Il n'était pas assez bon nageur pour aider une Kathe et il ne jugeait pas qu'elle eût vraiment besoin d'aide. Il courut, ôtant son grand imperméable, se pencha, le tint par le bout d'une manche et le fit pendre presque jusqu'à l'eau. Kathe put le saisir. Du haut du quai à pic il la traîna à contre-courant, comme un poisson vers l'épuisette, jusqu'au canot. Kathe se hissa, grimpa allégrement l'échelle de fer et se secoua entre eux comme un chien mouillé.

Elle grelottait. Jules l'enveloppa dans son manteau. Jim courut chercher un taxi, poussa les mariés dedans, claqua la porte, donna l'adresse au chauffeur, et s'éloigna.

Le lendemain il trouva Jules pâle, silencieux, moins sûr de lui, et plus beau. Kathe était comme un jeune général modeste après sa campagne d'Italie. Ils ne parlèrent pas du plongeon.

La mère de Jules vint rejoindre le couple, et ils firent ensemble un tour de France. — Comment ? Ils ne purent le raconter à Jim que bien plus tard.

L'appartement de Jules fut liquidé, les meubles furent expédiés chez eux en Allemagne.

Ils vécurent dans leur pays, dans une petite maison au bord d'un lac. Une petite fille naquit. Jim allait venir, être le parrain.

Trois jours avant, la guerre éclata et les sépara pour cinq ans. Ils purent tout juste se faire savoir par des pays neutres qu'ils étaient encore en vie. Jules était sur le front russe. Il était probable qu'ils ne se rencontreraient pas.

III

1914 : GUERRE.
1920 : LE CHALET

1919. La paix. Leur correspondance reprit. A toutes les questions de Jim, Jules répondait : « Venez donc voir ! »

Une deuxième petite fille était née. Jim écrivit à Jules : « Que pensez-vous ? Dois-je me marier aussi ? Dois-je avoir des enfants ? » Jules répondit encore : « Venez et vous jugerez. » Kathe ajouta une ligne d'invitation.

Six mois après Jim partit pour le pays de Jules. C'était un tel événement pour lui de revoir Jules qu'il le retardait. Il flâna sur le Rhin et s'arrêta dans plusieurs villes.

Le jour vint. Jim attendait Jules dans un rez-de-chaussée, et pour y arriver Jules devait traverser une grande place herbue. Jim le vit venir de loin. Il avançait à petits pas traînants, rêveur, comme fatigué. Ainsi, il avait une femme, et deux petites filles, il avait fait toute la guerre, et il approchait, là. Ils auraient pu ne pas se revoir. Jim le regardait.

Quand il fut tout près, Jim sortit en courant. Ils s'embrassèrent quatre fois.

Et ils reprirent leur grande conversation interrompue. Ils se trouvaient mûris, chacun dans sa ligne, mais pas changés. Ils passèrent deux jours entiers ensemble, devant des tables de gros bois, carrées, avec de longs cigares. Ils se racontèrent leur guerre. Jules évita de parler à fond de sa vie familiale. Jim eut l'impression que tout n'allait pas très bien.

Le lendemain Kathe attendait Jim au portillon de la petite gare, avec ses deux filles. Jules était allé (fut-ce intentionnel ?) en ville voir son éditeur.

Kathe était bien prise dans un costume de toile blanche, les cheveux serrés dans une résille blonde, avec deux boules d'ivoire lisse aux oreilles.

Jim l'aperçut et il reçut un choc. Kathe était devenue une femme splendide. Son sourire archaïque vibrait, plus net encore, et décochait ses flèches. Son regard chantait de fantaisie et d'audace contenues. Son buste était comme une carène sur l'eau. Ses mains racées tenaient chacune la main d'une fillette. L'aînée, Lisbeth, ressemblait à Jules, en plus olympien, la petite, Martine, ressemblait à Kathe.

Kathe lui dit :

— Bonjour, Jim.

Sa voix grave allait avec le reste. Il sembla à Jim qu'elle arrivait au rendez-vous du café, avec un gros retard, et qu'elle s'était vêtue pour lui.

Elle mena Jim à leur chalet rustique, au milieu d'un parc naturel de sapins et de prairies en pente. Il devait prendre tous ses repas chez eux et coucher à l'auberge voisine.

Une semaine féerique commença pour lui. Jules venait lui apporter chaque matin dans sa chambre une bouteille de café au lait, des tartines, et des cigares doux pour leur entretien. Jules écrivait un beau livre. Il avait l'air d'un moine. Il ne dormait pas dans la même chambre que Kathe. Elle le traitait avec gentillesse et sévérité. Jules laissait Jim découvrir peu à peu : oui, c'était vrai, la fleur de l'amour avait pâli entre eux.

Jim ne fut pas surpris. Il se rappela les erreurs de Jules, avec Magda, avec toutes. Il sentait Kathe terriblement précise. Il devina certaines choses, en apprit d'autres par Jules. Kathe n'était plus tout à fait la femme de Jules, et elle avait eu des amants.

Jim eut une grande tristesse pour Jules : cette blondeur rêvée à son foyer, et à laquelle il ne participait plus guère... Pourtant Jim ne pouvait juger Kathe : elle avait pu sauter dans des hommes comme elle avait sauté dans la Seine ?

La seconde semaine commença.

Tout dans la maison était dirigé, de haut, par Kathe. Elle avait une gouvernante, jeune et accomplie, Mathilde, qui était son amie heureuse. Kathe menait, mieux que Jules, les affaires avec les éditeurs. Les besognes de Jules étaient définies : il écrivait ses livres, il allait chercher le lait, des provisions, le courrier à la poste, avec ponctualité et bonne humeur. La guerre avait beaucoup diminué leurs ressources.

Kathe faisait de tout une fête : le tub du soir des fillettes devenait une comédie-ballet variée et quotidienne, avec Jules et Jim comme spectateurs. Chacun des simples repas était une joie. « *La vie doit être de continuelles vacances* », disait Kathe, et elle la rendait telle autour d'elle, pour les grands comme pour les petits, et le travail était bien fait quand même.

Elle avait le culte de son propre sommeil et elle dormait aussi longtemps qu'elle en avait besoin, à des heures irrégulières, dont le reste de la maison ne s'occupait pas.

Quand tout allait trop bien, quand on s'y habituait trop, il lui arrivait d'être mécontente. Elle changeait d'allure, elle mettait des bottes, empoignait un stick, comme un dompteur, et cravachait tout en gestes et en paroles.

Elle professait que le monde est riche, que l'on peut parfois tricher un brin, et elle en demandait d'avance pardon au bon Dieu, sûre de l'obtenir. Lisbeth exprimait avec calme un petit doute à ce sujet.

Jim avait certains jours envie de protéger le monde contre Kathe (comme contre Odile, et jamais contre Lucie). C'était une manie chez lui, il avait eu envie de la protéger elle-même contre Jules avant leur mariage, et pendant le déjeuner au plongeon. Elle était d'habitude douce et généreuse, mais si elle s'imaginait que l'*on* ne l'appréciait pas suffisamment, elle devenait terrible. Elle passait d'un extrême à l'autre, avec des attaques brusquées.

Jules la désirait toujours. Il enfouissait ce désir. Il la comprenait maintenant qu'il l'avait perdue. Quand elle était torturante et torturée par son démon intérieur, il la plaignait. Il la considérait comme une force de la nature s'exprimant par des cataclysmes.

Une menace planait sur la maison.

Pendant la deuxième semaine Jim commença à

savoir. Il y avait danger que Kathe partît. Elle l'avait déjà fait une fois, une demi-année, et il fut douteux qu'elle revînt. Elle n'était de retour que depuis peu de mois. Elle était de nouveau sous pression, Jules la sentait prête à quelque chose, et il tendait le dos, comme sous les corbeaux. Oui, il n'avait plus une vraie femme, et il avait peine à le supporter. Mais elle n'avait pas en lui l'homme qu'il lui fallait, et elle n'était pas femme à le supporter. Il avait l'habitude qu'elle lui fût parfois infidèle, mais pas encore qu'elle le quittât.

Le « quelque chose » prit corps, et un corps déplaisant pour Jim. Albert, l'époux de la Grèce, le premier amoureux du sourire archaïque, était en vacances et convalescent dans un village voisin. Kathe avait été provocante avec lui, par jeu au début, disait-elle — mais tout n'était-il pas jeu pour elle ? Il retrouvait, vivante, sa statue de l'île. Kathe l'avait encouragé, lui avait donné de l'espoir. C'était un homme entier. Il s'était ouvert à Jules. Il voulait épouser Kathe, divorcée de Jules, et prendre aussi les filles.

Ainsi Kathe était là, reine radieuse du foyer, mais prête à s'envoler.

Jim pensa : « Il ne faut pas. »

Jules précisa : Kathe avait eu, à sa connaissance, trois amants depuis leurs fiançailles. Un la veille de leur mariage, un sportman, une ancienne affaire, un adieu à sa vie de garçonne, et une rapide vengeance de Kathe contre quelque chose que lui, Jules, avait fait et qu'il ignorait.

Trois ans plus tard, à la fin de la guerre, elle avait eu une liaison, sous les yeux de Jules, avec un jeune ami à lui, grand, blond, aristocrate, cultivé, que Jim avait connu adolescent à Paris, et fort apprécié. « Ce n'était pas un mauvais choix, pensa Jim, et ils devaient avoir eu du bon temps. »

Kathe avait déclaré que ce n'était « pas important ».

Enfin, pendant sa récente et longue absence, elle avait conquis un hobereau, maître absolu dans ses domaines. Puis elle était revenue un beau jour, heureuse jusqu'aux larmes de retrouver son foyer, qu'elle s'était mise à organiser avec poigne et amour. Et voilà.

Jules avait appris tout cela d'elle-même, graduellement, par bribes distribuées avec art, et laissant à imaginer. Maintenant il y avait la menace Albert.

Jim comprit que Kathe accordait encore à Jules des faveurs partielles. Mais elle dérivait de plus en plus vers ailleurs. Jules renonçait peu à peu à elle, à ce qu'il avait attendu sur terre. De là l'impression *moine* qu'il donnait. Il n'en voulait pas à Kathe.

Jim se demanda si Kathe avait épousé Jules pour son argent. Mais non, il en était sûr : pour son esprit, sa fantaisie, son bouddhisme. Seulement il fallait à Kathe, en plus de lui, un mâle de son espèce à elle.

Elle faisait peut-être (Jim était loin d'en être certain) ce qu'il fallait pour séduire Jim. C'était insaisissable. Elle ne dévoilait ses buts qu'en les atteignant. Jim et Jules l'avaient surnommée « Napoléon » et ils firent sur ce thème des poèmes que récitaient les fillettes.

Un matin, Jim allait au village. Kathe tira une petite épingle bronzée de ses cheveux et la lui remit, en le priant de lui en acheter de pareilles. Chemin faisant Jim s'aperçut qu'il portait l'épingle entre ses lèvres.

Kathe sentit que Jules et Jim avaient parlé d'elle. Elle dit qu'elle aussi voulait parler seule avec Jim et elle lui proposa, devant Jules, une promenade à travers les bois.

Ils marchèrent d'abord en silence sur des sentiers éclairés par la lune.

— Que voulez-vous savoir ? dit-elle.

— Rien, dit Jim. Je veux vous écouter.

— Pour me juger ?

— Dieu m'en garde !

— Je ne veux rien vous dire. Je veux vous questionner.

— Soit.

— Ma question sera : racontez, vous, Jim.

— Bien, mais quoi ?

— Peu importe. Racontez, comme vous dites : *droit devant vous.*

Jim commença : « Il était une fois... deux jeunes gens... » et il décrivit, sans les nommer, Jules et lui-même, leur amitié, leur vie à Paris avant l'arrivée d'une certaine jeune fille, sa survenue, comment elle leur apparut et ce qui s'ensuivit, le : *pas celle-là, Jim !* (là Jim ne put s'empêcher de dire son propre nom) et ses conséquences, leurs sorties à trois. Kathe put voir que Jim se rappelait ce qui la concernait comme s'il y était encore. Elle discuta quelques détails pour le principe, et en ajouta d'autres.

Jim décrivit leur rendez-vous manqué au café.

— Quel dommage ! dit-elle.

— Quel dommage ! dit-il.

Et il raconta eux trois, vus par lui.. Il dit les trésors cachés en Jules.

— Oui, dit-elle.

Comment il avait pressenti dès le début que Jules ne pourrait pas garder Kathe.

— M'auriez-vous dit tout cela au café ?

— Oui.

— Continuez.

Il raconta la guerre, comment il avait retrouvé Jules, son aspect résigné, l'apparition de Kathe entre ses filles au portillon, les quinze jours de bonheur qu'il venait de passer parmi eux, ce qu'il avait vu, soupçonné, le peu qu'il savait de la vie de Kathe, la présence d'Albert, et son offre de mariage.

— Etes-vous avec Jules contre moi ?

— Pas plus que lui-même.

Jim avait parlé près d'une heure. Il n'avait même pas caché son bref soupçon de mariage d'argent. Il se tut.

— Je vais reprendre toute l'histoire comme je l'ai vécue, moi, Kathe.

Elle se mit à raconter, de son angle à elle, d'une façon plus fouillée que Jim, et avec une mémoire plus parfaite, *Kathe et Jules*.

Oui c'était la générosité, l'innocence, la non-défense de Jules qui l'avaient éblouie et conquise : un tel contraste avec les autres hommes ! Elle pensait le guérir, par la joie, des crises où il perdait pied, mais elles se révélèrent une partie de lui-même. Le bonheur (car ils furent heureux) ne les emporta pas. Et ils se retrouvèrent, face à face, non mêlés.

La famille de Jules fut pour Kathe un calvaire. La veille du mariage, lors d'une réception, la mère de

Jules commit un impair, qui blessa Kathe à fond. Jules s'y associa par sa passivité. Kathe punit et liquida cela en reprenant à l'instant pour quelques heures un ancien amant, Harold — oui, amant. Ainsi put-elle se marier avec Jules *quittes,* en recommençant à zéro. Elle n'avait pas caché à Jules ses liaisons passées.

Le voyage de noces autour de la France, avec Jules et sa mère, fut une série de situations impossibles. Jules subissait l'influence de sa mère, qui leur offrait ce voyage, bêtement somptueux. Kathe se mordait les poings de s'être alliée à cette race. Elle se jugea outragée. — Crime de *lèse-majesté,* disait Jules.

La vie qui suivit, au bord du petit lac, en Prusse, à distance de la famille, eut des lumières et des ombres. Il y eut l'attente du premier enfant. Jules avait envoyé à Jim une photo de Kathe à ce moment, avec une face de lionne courroucée. La naissance de la fille dont Jim devait être le parrain fut difficile, parce que ses parents n'étaient pas en état de grâce.

La guerre éclata : départ de Jules vers l'Est. Il avait le temps de lui écrire. De loin elle l'aima davantage et lui refit une auréole. Le dernier malentendu, la vraie rupture dataient de la permission qu'il eut après deux ans de guerre : elle se sentit entre les bras d'un étranger. Il repartit. La deuxième fillette naquit, facilement.

— Elle ne ressemble pas à Jules, dit Jim.

— Croyez ce que vous voulez, dit Kathe. Elle est encore de lui... Mais je lui ai dit : « Je t'ai donné deux filles. C'est assez pour moi. Ce chapitre est clos. Faisons chambre à part et je reprends ma liberté. »

« Notre, votre, jeune ami Fortunio était là, libre comme l'air — et moi aussi. Il fut un gentil partner.

Quelles vacances nous prîmes ! Mais il était trop jeune, ce n'était pas sérieux.

« J'eus soif d'un travail strict et exigeant, dans la nature. Je m'engageai dans un domaine agricole du Nord. Je commençai par en bas, je travaillai avec les filles de ferme. L'eau de ma cruche gelait la nuit. J'appris la culture et le bétail. Cette vie était belle.

« Je remarquai le maître en pleine force, redouté de tous, et il me remarqua.

« Ma vie changea. Il m'emmenait avec lui chasser le gros gibier. J'apprenais à jurer comme lui contre les valets paresseux. Je travaillais toujours, mais de plus haut. Ce fut une autre belle vie. Peut-être aurais-je pu la continuer ? Mais un beau jour toute cette matière m'étouffa. A ma surprise l'indulgence, le loisir de Jules me manquèrent et mes filles m'attirèrent comme un aimant. Je n'étais pas dans mon chemin. Je partis.

« Je ne suis rentrée ici que depuis trois mois. Jules, comme mari, est fini pour moi. Ne vous désolez pas pour lui. Je lui accorde encore des distractions, qui lui suffisent.

« Et puis encore ?... Il y a Albert, non loin d'ici. Il a parlé de cette statue grecque que vous aimâtes à trois. J'ai flirté avec lui. Il a des côtés bizarres, mais il a l'autorité naturelle, qui manque à Fortunio et à Jules. Il veut que je quitte tout et que je l'épouse. Il prendrait les deux filles avec la mère. J'ai beaucoup d'amitié pour lui, pas plus jusqu'ici. Je vais voir.

« Vous m'avez bien écoutée. J'ai parlé plus que vous, et voici l'aurore. Je ne prétends pas avoir tout dit, pas plus que vous tout à l'heure. Peut-être ai-je eu d'autres amants ?... C'est mon affaire. Je n'ai parlé que de ce dont vous avez parlé vous-même. — Rentrons. »

Ils approchaient de la villa. Il ne fallait pas que Kathe parte ! Dans quelle proportion Jim allait-il agir pour Jules ? Dans quelle proportion pour lui-même ? Il ne le saurait jamais. Il retardait le moment. Lorsqu'ils furent arrivés à la hauteur du dernier arbre du massif qui les séparait encore de la maison, à vingt pas de Jules endormi, il mit ses mains sur les épaules de Kathe et approcha un peu son visage. Ils se regardèrent. Qu'allait-il arriver ? Un long instant passa. Kathe brusquement s'approcha aussi et fit glisser à peine sa joue et l'au-dessus de sa lèvre sur les lèvres de Jim. Il perçut une incroyable douceur. Les mains de Jim s'écartèrent et Kathe courut vers la maison.

IV

ALBERT. — LE FEU DE CAMP

Albert devait venir déjeuner le surlendemain.

Jim raconta toute la promenade à Jules, y compris le dernier geste. Jules écouta et ne dit rien. Il était comme un spectateur, au billard, qui regarde les boules en mouvement. Jim sentit pourtant que Jules prenait parti pour lui contre Albert.

Albert fut correct et tel quel. Kathe s'amusa à taquiner tour à tour chacun des trois hommes en leur faisant des compliments faussement naïfs. Aucun ne répondit. Son sourire tenait les rênes de cet attelage volontaire. A l'aise et à son affaire elle dirigea la conversation, non sans tyrannie. Elle fut, à son tour, bavarde. Différente envers chacun des trois, elle ne pouvait jouer juste pour les trois à la fois. Tant pis. Elle sentit son demi-échec, leur en voulut, força.

Elle alluma elle-même, de ses lèvres, leurs trois gros cigares. Cela leur parut une faute de tact et une promiscuité. Jim eut envie de jeter son cigare et de sortir. Il resta pour la désaimer.

Elle mit ses bottes et prit sa cravache. Elle était une

montreuse de foire. Les bêtes? C'était eux. Elle les montrait à eux-mêmes.

« Un coq, pensa Jim, est ridicule au milieu de ses poules. Une poule ne l'est pas moins au milieu de trois coqs — à moins qu'ils ne se battent à mort pour elle. C'est peut-être cela que Kathe attend. »

Une longue marche, tous les quatre, à travers la campagne, aéra les humeurs. Ils allèrent jusqu'à un campement de forains qui tenaient un cirque rustique. Une des voitures, propre et gaie, était pleine de sept enfants, de un à douze ans, sains et joyeux, ainsi que le père et la mère.

— Voilà la vraie richesse, le vrai bonheur! dit Kathe, émue.

Elle leur donna les bonbons et l'argent de son sac. Jim fut repris.

Elle posait sa bienveillance tour à tour sur chacun des trois. Pour Albert, ce fut à propos d'une collection de pierres exposée dans une vitrine : ils en avaient fait une quand ils étaient écoliers, et ils citaient des noms étranges. Jim fut jaloux.

A la présentation du cirque, devant les tout petits clowns et acrobates, Kathe retrouva son enfance enchantée.

Albert parti, on parla de lui. Jules, en joie, demanda à Kathe comment elle l'avait séduit. Kathe raconta, en charge, tout ce qu'elle lui avait dit, presque de bonne foi, sur sa vie malheureuse à la maison. Jules, Jim et Mathilde riaient aux larmes. Le danger de départ avec Albert semblait écarté pour l'instant, pas celui d'une aventure. Toute la maison était pour Jim.

— Mais, dit Jules à Jim, Kathe ne lâche jamais ce qu'elle a une fois tenu.

Jim, curieux, mit gentiment en lumière certaines divergences entre les récits de Kathe et de Jules sur leur histoire, et demanda à comprendre mieux. Ils convinrent alors de faire une grande promenade à trois, pendant laquelle Kathe et Jules raconteraient tour à tour.

Après un concours de culbutes sur l'herbe avec les fillettes, ils partirent vers une auberge paysanne, à deux lieues de là. Jules, à la demande de Kathe, parla le premier. Il le fit avec son humour et sa modestie, leur dépeignant comment il tomba amoureux de Kathe, et les faisant rire. Tout le début se passa bien et Jim s'attendait à une belle joute entre ces deux maîtres conteurs. Mais une tension naquit quand Jules en arriva au mariage, à sa famille, et il décrivit le saut dans la Seine d'une façon inexacte pour Kathe et pour Jim, comme un coup de tête de Kathe et non comme une riposte à laquelle il l'avait acculée. Ce fut ensuite leur voyage en France, avec la mère de Jules. Kathe s'indigna, l'interrompit, se fâcha. Il avait été convenu que cette confrontation de souvenirs serait paisible, mais Kathe revivait les offenses subies. Oui, elle n'avait pas sourcillé sur le moment, et Jules avait pu la croire satisfaite, mais la dette s'accumulait. Et voici que, décidément, Jules n'avait pas encore compris !

Le désespoir, la colère s'abattirent sur elle. Ce fut la première fois que Jim vit ce ravage.

Elle engloba bientôt Jim dans son mépris. Pour un peu elle eût dit : *Les hommes...* comme Jules disait jadis : *Les femmes...* Cela éclaira pour Jim les crises de

Jules. Il se dit : « Tout le monde a ses crises, diverses, et personne n'en est conscient. Quelles sont les miennes ? »

Kathe payait à ces moments son euphorie, ses vacances perpétuelles, la joie qu'elle semait — et elle faisait aussi payer les autres.

Le dîner fut gâté, le retour fut amer.

Kathe passa le lendemain dans sa chambre.

Le jour suivant le ciel redevint bleu.

Il y eut dans le jardin un concours, avec un fusil à ressort, et à fléchettes de caoutchouc. Ils tiraient sur des ballons jetés en l'air. Kathe fut championne. Ils tirèrent ensuite à la cible et Kathe découvrit que Jim en visant faisait une grimace étrange. Elle alla chercher un miroir pour la lui montrer, mais il ne pouvait à la fois la faire et la regarder. Elle la lui fit répéter, en dehors du tir, en disant : « Visez-moi ! » Les fillettes le visaient en imitant la grimace.

Jim leur apprit à manier un grand arc. La flèche à pointe de cuivre montait verticalement si haut dans le soleil qu'on la perdait de vue. On tremblait qu'elle ne retombât sur une tête, et on se donnait la main, les yeux fermés, en l'attendant.

Jim rapporta un boomerang en bois dur, coudé. Après quelques essais l'arme s'envola contre le vent, décrivit un cercle et revint se ficher dans le sol herbu à côté de Lisbeth. On y renonça.

La vie était vraiment des vacances.

Martine fut un jour laissée à la garde de Jim, à côté de la grande mare. Elle avait trois ans, elle était vêtue de son pyjama, c'était un jour chaud. Elle lança à Jim un regard : « Toi, tu me comprends », elle tomba le pantalon et entra dans l'eau. Elle s'arrêta, ôta la veste et la lança à Jim avec un geste qui était celui de sa mère. Il regarda cette enfant nue avancer avec confiance, à petits pas, vers le milieu de la mare jusqu'à ce que l'eau lui montât aux épaules. Il eut sa première envie directe d'un enfant de Kathe.

Il travaillait seul dans la salle à manger. Un bruit derrière son dos le fit tressaillir : c'était Lisbeth, élève de Jim, qui venait de tirer avec son petit arc une flèche dans la vitre. Jim lui expliqua doucement qu'elle pouvait casser la vitre et qu'il ne fallait pas viser la fenêtre. Elle l'écouta avec des yeux candides et sembla convaincue. Seulement sa flèche revint trois fois frapper la vitre, et Jim lui donna trois explications variées. Kathe survint, regarda sa fille en souriant et lui dit : « Faut pas. » Et ce fut fini. Jim s'étonna de n'avoir pu se faire comprendre. Kathe lui dit :

— Elle s'est sûrement inventé un beau conte et un devoir de tirer dans la fenêtre.

Kathe, Annie sa ronde et malicieuse cousine, son amie Rachel, la grande brune du trio de Paris, Jules et Jim, partirent sac au dos pour la forêt, y dînèrent et firent une longue marche sous la lune. La fraîcheur tombait. Kathe, chef de file, s'arrêta et bâtit un feu de camp, aidée par tous. De hautes flammes montèrent. Kathe dit : « Que chacun, à son tour, jette quelque chose en sacrifice au feu, en faisant un vœu. » Elle jeta elle-même un foulard de soie, qui se consuma en l'air, sur place. Jim, à part son couteau, n'avait rien sur lui d'aussi beau à jeter. Il lança un carnet dans le feu. Son vœu concerna Kathe.

Rachel, hostile à Jim, essayait de parler seule à Kathe. Kathe et sa cousine avaient décidé de scandaliser Rachel. Elles se racontèrent des choses hallucinantes et de moralité bizarre, et Rachel s'indignait pour de bon. Jules fusait de rire et le masquait par de la toux. Il avait eu mal à la tête ce soir-là, et il avait pris de l'aspirine, ce qui le rendait par moments absent et lunaire.

Kathe défia sa cousine à une lutte à mains plates, clownesque et pleine de prises impossibles que Rachel trouvait héroïques. Puis Kathe défia Jim. Ils roulèrent sur l'herbe et sur les feuilles mortes en poussant des « han » jusqu'au bord du feu. Jim tenait Kathe dans ses bras et n'était pas pressé de mettre fin à ce jeu. Rachel dit par la suite qu'ils avaient peut-être fait tout autre chose que de la lutte.

Ils marchèrent longtemps, et arrivèrent par nuit noire sur une pelouse au bord d'un lac, que Kathe connaissait. Elle s'écarta, et l'on entendit bientôt le « plouf ! » de son plongeon. Elle resta dans l'eau assez longtemps pour inquiéter Jules. Elle trompait ses hommes avec les dieux des eaux.

Elle resurgit du noir, enchantée et grelottante. Sa cousine et Rachel la frottèrent avec une serviette rugueuse apportée exprès.

Le soleil se leva. Un marchand ambulant leur vendit du schnaps. Une fruiterie s'ouvrit. Jules alla acheter des fruits pour eux tous. Comme il était fatigué, et à cause de l'aspirine, il désignait les fruits à la marchande, ici et là, en remuant son index le long de ses cuisses, sans bouger ses bras, et en tournant la tête, pour montrer aussi avec le nez. Il monologuait en même temps, à mi-voix, s'adressant à la marchande, à lui-même, au bon Dieu, sans changer de ton. Les autres le regardaient à travers un mince buisson, ils étouffaient leurs rires. Quand il revint auprès d'eux, chargé de fruits, tous l'embrassèrent, ce qui le réveilla un moment.

Sous bois, à la rosée, ils rencontrèrent des chevreuils, et ils ne rentrèrent, pour dormir, au chalet que l'après-midi.

V

KATHE ET JIM. — ANNIE

Un soir, tard, Kathe pria Jim d'aller lui chercher un livre à l'auberge. Quand il revint la maison dormait. Kathe l'accueillit dans la grande salle à manger rustique, sentant bon le bois ciré.

Elle était vêtue d'un pyjama blanc et avait poudré sa figure lisse. Il l'avait espérée toute la journée.

Elle fut dans ses bras, sur ses genoux, avec une voix profonde. Ce fut leur premier baiser, qui dura le reste de la nuit. Ils ne parlaient pas, ils s'approchaient. Elle se révélait à lui dans toute sa splendeur. Vers l'aurore ils s'atteignirent. Elle avait une expression de jubilation et de curiosité incroyables. Ce contact parfait, le sourire archaïque accru, tout enracinait Jim. Il se releva enchaîné. Les autres femmes n'existaient plus pour lui.

Leur joie pénétra la maison. Mathilde, confidente, qui craignait toujours Albert, dit : « Enfin ! »

Les fillettes s'épanouirent sans savoir pourquoi.

Jules ne rappela pas à Jim son : « Pas celle-là, Jim ! » Il leur donnait implicitement sa bénédiction.

Il fut effrayé de les voir démarrer à une telle allure. Il dit à Jim :

— Attention Jim ! A elle et à vous !

« Bien sûr, pensa Jim, attention ! Mais à quoi ? »

Kathe resserra son monde dans la maison et pria Jim de venir vivre tout à fait au chalet. Il eut sa chambrette, mais il dormit avec Kathe. Ils n'avaient pas une heure à perdre.

Kathe avait une grande chambre carrée, avec un lit double, et un vaste balcon-terrasse en bois, bordé d'une balustrade de planches sculptées : là, personne ne pouvait les voir.

Dans la journée Kathe, Jules et Jim s'y tenaient souvent, côté ombre ou côté soleil, selon le temps. Ils y prenaient des tubs savonneux en éclaboussant largement. Kathe avait des idées japonaises là-dessus : le nu n'est érotique que lorsqu'il veut l'être. Elle prenait à loisir son tub sous leurs yeux — puis Jim, puis Jules, tout en causant. C'était un accompagnement de formes. Jules et Jim vivaient avec leur statue grecque animée, et ils lui en étaient reconnaissants.

— Nous devons, disait Kathe, repartir de zéro et redécouvrir les règles, en courant des risques et en payant comptant.

C'était une des bases de son credo, que Jim partageait et qui les unissait. Jules n'avait rien contre, et rien pour. C'était un spectateur bienveillant et il codifiait à tout hasard les découvertes des deux autres. Il s'amusait parfois à leur sortir un vieux texte grec ou chinois qui disait la même chose qu'eux. « Soit, disait Kathe, mais on l'avait oublié. »

Un jour de chaleur, après qu'ils se furent mutuellement arrosés de brocs d'eau froide, Kathe décida de *séduire* Jules. Elle alla le trouver dans son coin du balcon, sur son matelas de rafia, s'assit sur ses genoux, mit ses bras autour de son cou, le renversa, tout elle sur lui.

— Non, non, disait Jules.

— Si, si, disait Kathe.

Il devint évident pour Jim qui était à huit pas, dans l'autre coin, qu'elle lui donnait le plus grand plaisir. Jim ne les regardait pas, il approuvait Kathe, il était heureux pour Jules. Il se disait : « Penserais-je de même si je croyais leur étreinte totale ? »

Il y eut un silence. Kathe et Jules recommencèrent à parler, bas. Jules avait l'air confus et heureux.

Un peu plus tard Kathe s'attaqua à Jim. Penché sur les prunelles de Kathe, il s'étonna de ne pas y voir passer, sur leur fond noir, ce que, de tout son être, il donnait à Kathe.

La journée fut calme. Kathe n'eut pas de réaction contre eux. Elle constatait : « Jim n'a rien empêché. Il a confiance en moi. Il n'est pas jaloux de ce que j'accorde à Jules. »

Kathe ne renouvela pas cette fête, ou cette expérience.

Un mois plus tôt, avant d'arriver chez eux, Jim avait demeuré deux jours en ville chez Annie, la cousine de Kathe, qui lui avait prêté son atelier. Jim était libre alors. Il avait flirté avec la cousine. Elle lui avait conté son amour pour un peintre au profil de médaille, et elle le lui avait fait rencontrer. Cela ne les avait pas empêchés, Jim et elle, d'échanger maints baisers.

Lors d'une visite qu'il fit en ville, Jim la revit, dansa

avec elle, et en manière d'adieu plaisant baisa, devant Rachel, une boucle de ses cheveux. Rachel vint aussitôt le raconter à Kathe et à Mathilde, avec des commentaires.

Kathe conclut au pire. Jim avait eu une *affaire* avec Annie, et il continuait !

Kathe ne dit rien, invita Annie qui, très à l'aise, partagea leurs jeux dans le parc. Jim était tout à Kathe. Mais Mathilde, outrée par le récit de la trahison de Jim avec Annie, crut les voir s'embrasser à cache-cache. Et le soir, pendant les petits jeux écrits avec les fillettes, Annie sembla tomber dans un *piège freudien* et fit une réponse bizarre.

Kathe était impassible. Elle invita Jim à faire un tour dans le parc. Elle était enveloppée d'une écharpe neigeuse, brillante, avec un turban de même étoffe. Elle fut soudain de glace, et pleine d'ironie. Jim la questionnait en vain. Elle lui dit enfin :

— J'ai décidé d'être demain la maîtresse d'Albert, et je l'ai appelé.

Jim s'abattit, en plein bonheur. Elle refusait toute explication. Il s'évertua, il reconstitua peu à peu l'histoire d'Annie et de Rachel et il comprit enfin. Il reconnut son flirt bref du mois passé — mais, depuis Kathe, rien ne pouvait l'émouvoir qu'elle-même. C'était, croyait-il, l'évidence. Fermée, inatteignable, l'écoutait-elle seulement ? Il fallut à Jim deux heures d'efforts, et l'offre d'aller ensemble voir Annie, pour différer l'acte de Kathe. Elle accepta cette offre et, pour la première fois, elle le congédia pour la nuit.

Ils prirent le premier train du matin, elle demanda à Annie l'hospitalité pour eux, la pria d'inviter son ami, organisa une sorte de bal masqué à quatre, avec costumes, buffet, phono, s'y conduisit tour à tour en invitée et en Grand Inquisiteur. Elle entreprit de charmer l'ami, en donnant à Annie et à Jim pleine liberté. Ils sentirent la trappe. Annie était effrayée des dégâts que Kathe pouvait causer dans sa vie. Au petit jour, l'ami partit. Kathe, presque apaisée, se jeta enfin dans le lit et dans les bras de Jim, en autorisant sa cousine à faire des dessins d'eux, pour voir, à sa tête, si réellement elle n'aimait pas Jim, et si Jim ne serait pas gêné par elle. Il ne le fut pas. Ils oublièrent Annie. Elle laissa, épinglés au mur, des croquis héroïques.

Jim sentit leur amour rebrasé. Il avait retrouvé sa joie de vivre. Il partit le lendemain pour cinq jours, qu'il passa auprès de compatriotes éminents de Kathe. Il resta imprégné d'elle pendant les conversations qu'il eut avec eux. Elle l'aidait à les comprendre. Le quatrième jour il reçut d'elle une lettre ambiguë. Elle n'aimait pas les absences. Il rentra en hâte.

Kathe avait fait seule à pied, dans la montagne, une excursion de deux jours, qu'elle nota ensuite heure par heure. Son euphorie fit par degrés place à un retour de doute. Il y avait eu tout de même quelque chose, avant elle, entre Annie et Jim. L'homme de Kathe ne devait pas être soupçonné. Dans le doute il fallait punir. Il fallait aussi que ce Jim ne fût pas trop sûr de lui. Elle devait liquider la situation à sa façon et repartir à zéro.

Elle appela Albert, le quatrième jour, passa des heures avec lui, lui fit de grandes caresses, décrites dans son journal, et le renvoya plein d'espoir.

Pour elle chaque amoureux était un monde à part, et

ce qui se passait en lui ne concernait pas les autres. Mais cela ne l'empêchait pas d'être jalouse.

Elle était allée voir un jour un médecin avec sa fille aînée malade. Elle lui dit :

— C'est ma fille unique, docteur...

L'aînée, surprise, mentionna la cadette.

— Alors quoi ? dit le médecin.

— L'autre, c'est ma seconde fille unique, dit Kathe.

Ainsi eut-elle pu dire de ses amours.

Jim revenu, brûlant pour elle, fut accueillit avec amour, lui sembla-t-il. Il sentit pourtant quelque chose d'étrange dans la maison, et de gêné en Jules. Il questionna. Elle mit plusieurs jours à distiller ce poison dans son cœur, avant de lui dire ce qu'elle avait fait avec Albert.

Jim reconnut la méthode à retardement qu'elle avait employée avec Jules. Il trouva que c'était un gâchage gratuit.

Jules et Mathilde, qui avaient cessé de craindre Albert depuis l'arrivée de Jim, étaient redevenus inquiets.

Jules dit à Kathe .

— Celui qui frappe avec l'épée périra par l'épée.

Kathe le regarda avec triomphe :

— Si j'ai le moindre doute, dit-elle, je fais toujours plus que l'autre n'a pu faire.

Jim voulut s'en aller. Sa douleur simple lui ramena Kathe tout entière. Elle sut le retenir. Il finit par comprendre qu'elle avait voulu *faire justice*, que c'était sa folie peut-être mais que cela lui avait été nécessaire.

— Soit, dit-il, recommençons.

Une lune de miel reprit pour eux, et pour la maison

Elle leur lut un soir son fragment préféré de la *Penthésilée* de Kleist, qui massacre avec frénésie un Achille désarmé et pantelant d'amour pour elle.

— Pourquoi le tue-t-elle ? dit Jim. Pourquoi est-elle en armes puisqu'il est désarmé ? Ne peut-elle le vaincre autrement ? Et pourquoi le vaincre puisqu'ils s'aiment ? Elle montre sa faiblesse en le tuant. Ou bien se tue-t-elle après ?

Kathe répondit :

— Quoi de plus beau qu'un sang rouge qui vous aime ?

Elle ajouta :

— Je suis au milieu du rouge de ton cœur, Jim, et je veux boire, boire, boire.

Jules avait dit :

— Un sourire archaïque, ça se nourrit de lait... et de sang.

Les lèvres de Kathe étaient faites pour les deux.

VI

LA LOCOMOTIVE. — EN VILLE

Au milieu de cette lune de miel Kathe voulut changer de décor, quitter le chalet, aller vivre en ville seule avec Jim, et travailler la danse les après-midi pour composer un numéro de music-hall.

Ils descendirent à la gare, avec Jules et Mathilde, posèrent les valises par terre et attendirent le train. La nuit tombait. Kathe s'amusait à faire de l'équilibre sur le rail luisant. Les gros yeux enflammés de la locomotive apparurent au tournant et grandirent. Kathe, sur le rail, avança vers eux. Jules était dans l'effroi et excédé par cette acrobatie. Il criait :

— Kathe, Kathe, c'est fou, arrête, je t'en prie!

Kathe redoublait d'audace et faisait des pas de danse. Les feux de la locomotive approchaient.

Jim dit à Jules, bas :

— Taisez-vous, Jules, vous l'encouragez, votre peur est son plaisir.

Le train arrivait et ralentissait. Jim se rangea à côté des valises et regarda Kathe. Elle fit au dernier moment un bond léger de côté, hors de la lumière des phares. Parfait. Jim se baissa et empoigna les valises. Il se mit à courir vers l'avant du train où il avait aperçu de la place. On n'y voyait plus guère. Il buta contre un sac mou, étendu sur le sol, sauta par-dessus et manqua de tomber. Il se retourna et se pencha vers lui. C'était un corps de femme. On s'empressait autour d'elle. Il allait passer outre, vers Kathe, à l'avant. Une lanterne surgit. Jim reconnut Jules courbé sur ce corps. C'était Kathe qui gisait là.

Des bras la mirent debout, elle tint droite, chancelante. Jim la palpa, fit mouvoir ses membres, rien ne semblait cassé. Elle murmura : « Ma tête, derrière. » Jim y porta la main et ramena du sang. Elle avait une coupure au crâne.

La locomotive, plus large que ne pensait Kathe aveuglée par les phares, l'avait frôlée et jetée de côté. Kathe fit trois pas.

— On part quand même, Kathe? dit Jim.

— Oui, dit Kathe.

Il était encore temps. Jim soutint et poussa Kathe jusqu'au premier wagon, la hissa comme un paquet, attrapa les valises que lui tendaient Jules et Mathilde. Le train roulait déjà. Les bonnes gens firent à Kathe une place dans le wagon plein. Elle eut un bref évanouissement, revint à elle. Jim dut la quitter et se tenir debout, loin d'elle, sur la plate-forme enfumée bondée d'hommes.

Ni Jim ni Jules ne purent reconstituer les mouvements exacts de Kathe avant sa chute. Et elle ne se rappelait rien.

Ils s'installèrent dans une petite pension. Ils rapprochèrent les deux lits étroits pour en faire un seul. Kathe avait un grand bleu à la cuisse, une plaie à la tête, des contusions, et une courbature générale. Jim épousa sa convalescence. Les premiers jours ils ne se levèrent pas. Kathe guérit et dessina pour Jim des visions qu'elle avait eues pendant sa fièvre.

— Si tu dessinais cela au propre, en y ajoutant ce que tu viens de raconter, dit Jim, n'importe quelle revue d'avant-garde le publierait.

— Vrai, Jim ?

— Vrai.

Elle se mit à dessiner, son dos contre lui, elle n'aimait pas qu'il s'écartât et il n'aimait pas s'écarter. Parfois il lui tenait seulement les pieds pour l'aider. Dessins et textes furent achevés. Le tout fut envoyé.

— Mais si j'ai du succès, dit Kathe, je voudrai en faire d'autres ! Et cela deviendra un métier, comme pour Jules ! Et je ne veux pas avoir de métier !

— Le succès a pourtant des avantages, dit Jim, et, après tout, tu ne dessineras que lorsque tu le voudras.

Kathe, pour respirer hors de leur serre d'amour, pour qu'elle et Jim n'en meurent pas, reprit son idée de préparer un numéro de danse et loua un atelier tout proche où elle se rendait seule l'après-midi. Jim lui faisait entière confiance et ne l'accompagna jamais. — Fut-elle vraiment seule ? Jim se le demanda par la suite. Elle lui donnait en tout cas un tel absolu que rien ne pouvait exister en dehors qui pût vraiment compter. Jim sentait leur amour comme un Mont-Blanc et peu lui importait, à cet instant, ce qui aurait pu se dissimuler dans les vallées.

Kathe esquissait une théorie sur l'amour physique, qu'elle montrait à ses amies. Ils voyaient souvent Annie, sans arrière-pensée.

Une lettre, avec en-tête de la revue, arriva un jour pour Kathe.

Ses dessins paraîtraient dans le prochain numéro, et on lui en demandait d'autres !

— Tu vois, Jim... dit Kathe, inquiète et ravie.

Un jour, à midi, Kathe s'engagea, un seau à la main, dans le corridor de la pension. Elle était vêtue d'une veste de pyjama de soie rouge, sans pantalon

— Tu vas rencontrer quelqu'un ! cria Jim.

— C'est peu probable à cette heure, dit-elle, et ce risque est une tradition de famille.

Ils allèrent à un music-hall : un clochard avait envie de voler une bicyclette, laissée contre un arbre, il hésitait, ôtait et remettait son foulard jaune pour occuper ses mains et pour résister à la tentation. Et il volait à la fin. C'était parfait. Ils essayèrent en vain de le rencontrer à la sortie des artistes.

Jim aimait la pleine lune, Kathe pas. « C'est trop facile, disait-elle, l'amour et la lune. » Elle devait lui rappeler de mauvais souvenirs.

Ils parcouraient les ruelles de la ville, causant pour le plaisir avec des artisans qui les recevaient dans leurs arrière-boutiques.

Ils s'excitaient sur des plans fantaisistes, et des idées qu'ils croyaient nouvelles, pour gagner largement leur vie en gardant beaucoup de temps libre, et pour faire, entre autres, des cadeaux à Jules : c'était difficile de trouver quoi, car il ne désirait rien.

Ils étaient pieux envers tout.

Ils entrèrent un jour dans une église. Kathe était protestante, et Jim catholique. Ils s'agenouillèrent comme la foule et attendirent. C'était le moment de la communion, deux longues files de sœurs passèrent lentement, yeux baissés, doigts croisés, vers la sainte table. Trois d'entre elles, jeunes, en blanc, étaient particulièrement belles. A la surprise de Jim Kathe se leva et se joignit à elles, dans la même attitude et communia auprès d'elles, après avoir regardé un peu de côté pour voir comment elles recevaient l'hostie. — Sacrilège ? Non. Kathe faisait cela spontanément, comme elle l'aurait fait pour n'importe quel culte dans n'importe quel lieu. Elle revint, médita avec les sœurs et releva un visage paisible.

Ils devaient passer encore une semaine en ville. Kathe reçut une lettre dramatique de Rachel :

— Tu dois choisir : ou Jim, ou tes enfants.

— Pas du tout, dit Jim : Et Jim et tes enfants.

— Bah ! dit Kathe, il faut trancher dès que la fin approche. Sacrifions notre dernière semaine.

Et elle eut un grand désir, que Jim partagea, de revoir ses filles, Jules, Mathilde et le chalet. Ils partirent le lendemain.

Jules les attendait sur le quai de la petite gare, à l'endroit où Kathe était tombée. Elle sauta à terre, le train encore en marche, courut à lui, l'enveloppa de ses bras et lui donna un long baiser.

— Raconte, raconte, dit-elle, tous les miracles qu'il y a eu ici aussi.

Jules, souriant, commença à lui narrer leur menue vie à quatre, en attendant que « Maman revienne ».

Au sortir de la gare Jules fit mine de les quitter pour aller chercher le lait. Elle voulut le retenir, mais il persévéra. Il s'éloigna, en agitant la main.

— Voilà bien Jules, dit-elle, je reviens, je l'embrasse, je suis heureuse, et il me quitte pour aller chercher le lait !

— Il sera de retour dans cinq minutes, dit Jim.

— Oui, mais ma joie de le revoir est coupée.

Les fillettes et Mathilde firent à Kathe un accueil adorant, dont des reflets touchèrent Jim.

Ils firent tous les trois, à pied, par grande chaleur, un pèlerinage jusqu'à un vaste et lourd monastère, au fond d'un long vallon humide et gras. L'harmonie entre eux était complète. L'ascétisme du grand réfectoire blanc, la nourriture frugale et fraîche leur plurent. Ils visitèrent les étables imposantes qui abritaient un bétail primé aux concours. Kathe le commenta en connaisseur. Fière d'avoir été quelques semaines fille de ferme elle leur expliquait tout. Ils comprirent l'appel de la terre, mais Jules et Jim se trouvaient incapables et indignes devant elle. Kathe aurait voulu acheter une grande ferme, mais l'argent de Jules avait déjà trop baissé.

Ils revinrent en longeant une rivière, torrentueuse par endroits, avec une chute. Ils trouvèrent que la masse d'eau qui tombait ressemblait à Kathe, les remous furieux à Jim, et l'élargissement calme qui suivait, à Jules.

Ils rencontrèrent de vastes découverts, un paradis de bancs de sable et de cailloux blancs. Ils y descendirent et jouèrent. Lancer des pierres était un des plaisirs de Jim, et les rondes munitions abondaient. La pierre montait haut et retombait, il en jetait une autre à sa rencontre. Kathe lui en fit lancer jusqu'à épuisement. Elle et Jules apprirent à faire des ricochets. Le ciel était tout près.

Octobre fut là. On ne parlait pas d'Albert. Il y eut une douce période sans histoire, à côté des fillettes et de Mathilde.

Kathe et Jim étaient sportifs, et ils aimaient donner l'exemple. Un jour, pour sortir d'une prairie, au moment où un groupe de paysans arrivait, hop ! Kathe et Jim s'enlevèrent légèrement ensemble, les mains appuyées sur la barrière. C'eût été un joli saut. Mais la barrière pourrie cassa. Ils roulèrent sur l'herbe. Les paysans passèrent sans les regarder.

Novembre. La présence de Jim à Paris devenait nécessaire. Il avait à Paris sa mère et son travail. Peut-être eût-il dû ne jamais partir ? Cela rejetait pour Kathe leur amour dans un relatif qu'elle ne pouvait admettre. Jim reviendrait dès le printemps, mais, pour une Kathe, que d'eau sous les ponts jusque-là.

Elle l'accompagna encore une fois vers la ville. Ils avaient pris souvent ensemble ce petit train fumeux. Ils se tenaient les mains. Elle avait retiré ses gants, l'un d'eux était retourné, posé sur ses genoux, il formait un cœur, avec l'aorte coupée.

— Regarde mon cœur sur tes genoux, dit Jim.

Jour par jour, en ville, Jim retardait son départ. Devant son imminence ils reculaient encore leurs limites et respiraient comme des victimes enchantées. Un après-midi ils téléphonèrent ensemble à Jules d'une cabine capitonnée, dans une brasserie. Jim se tenait debout derrière Kathe, il frôlait son dos dans la pénombre, il aspirait son odeur, il s'évanouit presque.

Ils pensaient à la mort comme à un fruit de l'amour, à quelque chose qu'ils atteindraient ensemble, peut-être demain.

Kathe fit rencontrer à Jim, à un déjeuner avec plusieurs amies et amis, Harold, le sportman qui avait été son amant, encore à la veille du mariage de Kathe. Jim fut sans méfiance envers lui. Il lui semblait que Kathe était aussi invulnérable qu'il l'était lui-même. Harold, bien vêtu, bien bâti, bon cavalier, venait de gagner une course. Il faisait aussi de la boxe, comme Jim. Désinvolte, intelligent, il menait à coups de mots, sauf Kathe, le petit groupe des femmes à sa table comme un Esquimau mène à coups de fouet les chiens de son traîneau.

Jim ne concevait pas qu'il y ait pu jamais avoir un vrai amour entre Harold et Kathe. L'absolutisme de Kathe s'y opposait.

Jim alla voir seul un film que Kathe connaissait déjà et qu'il songeait à acheter. Pendant ce temps Kathe alla faire des achats avec Harold. Jim les rejoignit ensuite, ils prirent le thé. Harold, sûr de lui, bavarda très vite et très sec avec Kathe, mais avec une voix un peu éraillée qui, plus que tout, rassurait Jim. Leur seul contact fut leur goût commun pour certains peintres.

Ce fut la dernière nuit. Kathe s'assit tout entière — telle Vénus dans une coquille — dans la large vasque du lavabo de leur chambre. Le départ eût été déchirant pour Jim sans la certitude qu'ils se retrouveraient bientôt, intacts, tels qu'ils se quittaient.

Quand le train démarra ils agitèrent longtemps et doucement leurs mains.

Jules leur avait donné une sorte de bénédiction, avait embrassé Jim, qui lui confiait Kathe en partant.

Car ils voulaient se marier et avoir des enfants.

VII

GILBERTE. ALBERT. FORTUNIO

Jim rentra à Paris. Il avait là, depuis de longues années, à intervalles, et si léger qu'il n'en sentait pas le poids, un amour-goût : Gilberte. Mais ceci est une autre histoire. Au lieu de montagnes glacées, de plaines brûlantes, d'orages et de typhons comme dans l'amour de Kathe, cet amour présentait un paysage plat et fin, à climat tempéré, où la lumière du ciel était tout l'événement. Jim n'en avait jamais été privé et n'y rencontrait aucune exigence.

Gilberte et Jim s'étaient rencontrés peu après leurs vingt ans. Ce fut d'abord une attirance de caractères, une amitié amoureuse. Tacitement ils avaient fait une entente contre l'amour-passion. Ils s'étaient aimés avec tact, en secret, sans y mélanger amis, ni curiosités, ni questions matérielles, dans un minuscule logis haut perché, avec un vaste panorama, loué par Jim à cet effet, et où ils se rencontraient tout un jour par semaine. Se voyant peu, ils ne se donnaient que le plus fin d'eux-mêmes. Ils ne souhaitaient guère se voir davantage. Ils menaient séparément leur vie. Une fois par an ils passaient huit jours à la campagne. Jamais Jim n'était allé chez Gilberte, jamais Gilberte dans le vrai appartement de Jim. Ils avaient voyagé, chacun de son côté, Jim parfois des années. Ils s'étaient toujours retrouvés. Aucun engagement ne les liait.

Dix ans passèrent comme un souffle. Gilberte un jour parla de sa mère qu'elle avait perdue à l'âge de cinq ans. Elle montra à Jim sa photo d'orpheline dans une école maternelle, où on l'avait mise en attendant qu'une tante vînt la prendre. Sur cette photo, parmi ses compagnes, Gilberte avait l'air si dépourvu et si honnête que Jim, une fois pour toutes, sans le savoir, avait adopté cette petite fille.

Quelques années plus tard Jim lui demanda si elle ne voulait pas l'épouser. Ils étudièrent tranquillement la question. Ils allèrent voir ensemble un médecin eugéniste qui leur prédit des enfants peu robustes. D'autre part, ils auraient dû partager quelque temps l'appartement de la mère de Jim, ce dont Gilberte avait peur. Ils décidèrent de ne rien changer à leur vie. Seulement Jim avait dit à Gilberte :

— Si tu le souhaites, nous vieillirons ensemble.

Et Gilberte avait dit à Jim :

— Si tu veux un jour fonder un foyer, avec des enfants, je saurai m'effacer.

En dix-sept ans Jim n'avait jamais rien eu à reprocher à Gilberte. Il se sentait libre de se marier, mais pas d'abandonner moralement Gilberte. Parmi les surnoms qu'il lui avait donnés figuraient ceux de *Honnêteté* et de *Modération.* Gilberte pensait qu'il avait des aventures pendant ses longs séjours à l'étranger, mais il lui était toujours revenu... Jim n'avait aucune idée sur la fidélité de Gilberte, mais elle lui parut de plus en plus probable.

Il ne pouvait pas plus la quitter que Kathe ne

pouvait quitter Jules. Il fallait que Jules ne souffrît pas, ni Gilberte. Ils étaient les fruits, différents, du passé, se faisaient pendant et contrepoids. Kathe et Jim devaient les traiter avec bonté. Peut-être Gilberte accepterait-elle un jour ce que Jules acceptait déjà ? Peut-être pourraient-ils vivre tous les quatre, avec les enfants présents et futurs, dans la même vaste maison de campagne, où tous travailleraient chacun à sa façon ? C'était le rêve de Jim.

Etant donné quatre êtres diversement liés par l'amour, pourquoi en sortirait-il forcément de la discorde ? Kathe ne trompait pas Jim en étant douce à Jules. Jim ne trompait pas Kathe en conservant sa tendresse à Gilberte. Elles étaient conciliables en lui et n'émouvaient pas les mêmes régions de son cœur. Puissent Jules et lui-même être conciliables dans l'esprit de Kathe ! Puissent Kathe et Gilberte ne pas devenir ennemies !

Jim avait toujours parlé de Gilberte aux femmes qu'il avait aimées pendant ses séjours à l'étranger et il la leur avait décrite d'une façon qui avait éveillé leurs égards. Il l'avait dépeinte à Kathe le lendemain de leur grande promenade. Kathe avait exprimé une certaine ironie pour leur longue affection sans événements, qu'elle trouvait *prudente* et *résignée.* Il n'existait pas de pires qualificatifs pour Kathe.

Jim proposa un axiome : « Jules égale Gilberte. » Il devait découvrir par la suite que Kathe en avait adopté un autre : « Gilberte n'égale pas Jules. »

Gilberte tenait en marge de la vie de Jim une place dont il ignorait l'importance, et il ne croyait pas que sa passion pour Kathe ferait à Gilberte une peine irréparable.

Kathe et Jim décidèrent par lettres de hâter leur mariage pour avoir tout de suite des enfants. Jules était d'accord pour faire ce qu'ils voudraient et pour divorcer vite. Ceci posé Jim ramassa ce qu'il croyait être son courage et parla à Gilberte. Il lui dit brièvement Kathe, leur désir d'enfants, de mariage, et le consentement de Jules. Gilberte connaissait bien Jules par les récits de Jim, sans l'avoir jamais rencontré.

Gilberte écouta Jim, bien droite, sans broncher. A la fin, elle dit :

— Je me hâte de consentir, pendant que j'en ai encore la force.

Elle appuya un moment son buste au dos du divan, se leva et sortit.

« Ne faites pas souffrir, Jim », avait dit Lucie.

« J'ai commis un meurtre », sentit soudain Jim. Mais il espérait une heure après : « Elle s'habituera. »

Il fit à Paris quelques menus adieux.

Kathe passa l'hiver avec Jules dans leur chalet couvert de neige. Elle était la fiancée de Jim, confiée à Jules. Elle demandait chaque jour à Jules : « Crois-tu que Jim m'aime ? »

Kathe écrivait, comme elle l'avait promis, leur histoire de l'été dernier. Avec une intensité surprenante, elle dépeignait ce qui s'était passé en elle, autour d'elle, et tout ce qu'elle avait fait, y compris Albert. Jules y trouvait la clef des tempêtes et des raz de marée de Kathe et l'encourageait.

Mars arriva. Jim se prépara un gagne-pain dans le pays de Kathe. Il fit la traduction d'une pièce de théâtre que l'on y jouait avec succès, et il accepta d'aller demeurer une quinzaine à la campagne chez son auteur, pour la parfaire.

Il ressentait aussi, comme avant de revoir Jules, un besoin de retarder l'événement, pour s'y préparer, tout en faisant l'école buissonnière.

Kathe trouva que Jim était peu pressé de la revoir.

Jim, en compagnie de son dramaturge, traversa la ville de Kathe. Il l'appela. Kathe vint, avec Jules, prendre le thé à l'hôtel de Jim.

Elle avait légèrement engraissé, pour avoir tant écrit dans sa chambre. Elle était presque rougissante de venir ainsi en fiancée, conduite par Jules (comme une génisse au taureau, dit-elle plus tard). Jim ne fut pas son Jim : il la recevait dans un lieu public, et il avait loué son temps, comme un valet, à un tiers qui allait l'emmener tout à l'heure. Kathe, en pleine beauté, se crut moins belle. Jules sentit que cette entrevue était néfaste. Jim expliqua qu'il travaillait pour Kathe. Mais cela comptait-il pour elle ? Il aurait dû laisser tout et venir droit à sa présence réelle. Kathe interrogea légèrement Jim sur les adieux qu'il avait faits à Paris. Il répondit d'une façon qu'il crut satisfaisante.

La vue de Kathe l'avait saisi. Il eût voulu ne plus la quitter — mais il s'était engagé.

Trois semaines plus tard il revint enfin au Chalet. Kathe n'y était pas. Elle venait de partir pour quelques jours, pour affaires, elle aussi, chez sa sœur, dans la capitale. Jim, bien que déçu, trouva cela normal. Jules pas. Quand Kathe prenait du champ, c'était toujours dangereux.

Jules décrivit à Jim Kathe écrivant son journal. Il ne l'avait jamais vue ainsi. Elle avait été blessée d'apprendre, lors du thé en ville, que Jim avait écrit de grandes notes sur eux, mais qu'il n'en avait pas fait une œuvre.

Elle écrivait des lettres brèves, reculait son retour, parlait business, comme Jim.

Jules et Jim étaient complètement seuls dans le Chalet, à loisir, avec leur vie calme et leur inépuisable entretien. Une paysanne venait faire sommairement le ménage. Jules traduisait un livre de Jim. Jules faisait la cuisine, pipe à la bouche, et il rissolait des pommes de terre, pendant que Jim lisait à haute voix. Ils faisaient de lentes promenades.

Le divorce était amorcé. Jules redoutait quelque chose sans que Jim sût quoi. Ils écrivirent à Kathe que tout allait bien au Chalet et qu'elle ne se pressât pas pour eux. Elle télégraphia à Jim : « Attends-moi seul demain train du soir en ville où coucherons. »

Jim y fut. Kathe sauta du wagon, agile. Ils se prirent les mains, se regardèrent, rirent de joie. Elle lui dit :

— Ne disons rien de sérieux maintenant.

Elle raconta pourtant que Jules avait été adorable, veillant sur elle, pour Jim.

Ils avaient, à cause des règlements de police, deux chambres contiguës. Kathe fit asseoir Jim sur le canapé, à côté d'elle, et dit :

— Voilà. Tu es mon Jim, je suis ta Kathe. Tout est bien. Seulement quand je t'ai vu au thé ici, il y a un mois et demi, tu m'as parlé de tes affaires, et moi aussi j'ai les miennes. Tu m'as parlé de tes adieux à tes amours, et moi aussi je suis allée dire adieu à mes amours. Tu vas me tenir dans tes bras, toute la nuit, mais pas plus ! Nous voulons avoir un enfant, n'est-ce pas, Jim ? Eh bien, si tu m'en donnais un maintenant... je ne saurais pas... s'il est de toi. Tu comprends, Jim ?

Et elle le guettait intensément.

Jim comprit, plia sous le coup. Elle était au centre de son cœur, elle buvait du rouge. Qu'elle boive ! Jim, sans colère tant il était triste, sentait s'écouler hors de lui son amour.

Elle reprit :

— Jim, il le fallait. C'est pour nous que j'ai fait cela. Je devais rétablir l'équilibre. J'ai eu le doute, non, la certitude, que tu avais consolé à la Jim celles que tu quittais à Paris. Je ne pouvais rester ta fiancée que si j'allais consoler à la Kathe (nous avons la même manière) celui, ou ceux, que je quittais. Je suis allé rejoindre, chez ma sœur, Albert que j'avais appelé, et j'ai effacé, en moi, avec lui, toute trace de ton infidélité. Nous voici, purs et quittes.

— Tu aimes Albert ? dit Jim.

— Non, dit Kathe, bien qu'il ait de grandes qualités.

— Il t'aime ?

— Oui.

Jim pesait les choses. Oui, il avait fait certains adieux comme Kathe le croyait. Oui, il l'avait fait sans que cela touchât en lui à son amour pour Kathe. Peut-être Kathe avait fait cela sans que cela touchât à son amour pour Jim ? Jim accepta l'égalité proposée par Kathe. Il sentit qu'elle l'aimait comme il l'aimait, qu'il n'y avait pas de plus ni de moins, mais une force unique qui les tirait l'un vers l'autre ; il passa l'éponge, comme Kathe. Ils étaient là tremblants et chastes.

Chastes, ils durent le rester, toute cette grande nuit d'amour. Et aussi celles qui suivirent, jusqu'à ce que Kathe eut la certitude qu'elle ne portait pas un enfant d'Albert.

— Admirable ! dit Jules à Jim, quelle voltige ! Que n'inventez-vous pas pour vous mieux émouvoir !

Jules et Jim, trompés par Kathe, se sentaient encore plus frères.

Cette retenue que Kathe et Jim s'imposaient les exalta. Ils la considérèrent comme un vœu, comme une question d'honneur envers eux-mêmes. Tour à tour chacun des deux, quand l'autre fléchissait, sauva cet honneur. Ils ne se quittaient pas, ils ne trichèrent pas. La terre promise était en vue.

La terre promise recula d'un bond.

Ils étaient allés en ville tous les trois voir l'avoué qui avait préparé le divorce et qui allait préparer le mariage. C'était pour eux une partie de plaisir et, pensaient-ils, une simple formalité.

Choqué par l'entente parfaite et la gaieté des trois complices, l'avoué releva ses lunettes, les regarda fixement et dit :

— Il faut encore quelque temps avant que le divorce soit définitif. De plus, sous peine d'être attribué légalement au premier mari, l'enfant futur ne doit pas naître avant une date comptée à partir du jugement de divorce et calculée sur la durée maxima de gestation observée chez la femme.

— Quoi ? Quoi ? dit Kathe qui n'écoutait guère ce langage juridique.

L'avoué le traduisit en dates. Il fallait attendre près de deux mois avant de commencer ledit enfant. Le mariage lui-même demanderait plus de temps, mais l'enfant serait du moins légitimable par lui.

Les trois furent atterrés. Jules demanda s'il n'y avait pas de moyens légaux, à son détriment. Non, il n'y en avait pas.

Kathe et Jim ne prolongèrent pas leur vœu, mais le frein qu'ils mirent à l'enfant les ravagea. Ils étaient honteux d'obéir aux lois et non à la loi qu'ils portaient en eux.

La vie reprit au Chalet avec cette seule grande ombre, avec ses jeux et sa paix généreuse.

Kathe leur lut à haute voix de grandes parties de son journal de l'an passé, depuis l'arrivée de Jim jusqu'à son départ pour Paris. C'était fouillé comme un temple hindou, un labyrinthe où l'on se perdait aisément. Le journal de Jim était une table des matières en comparaison. Jules et Jim respectèrent Kathe.

— Si vous écriviez tous les deux, séparément et à fond, votre histoire, chacun avec son point de vue irréductible, et si vous les publiiez simultanément, cela ferait une œuvre singulière, dit Jules.

Elle leur joua le numéro de danse qu'elle avait préparé dans son atelier en ville. Il leur produisit peu d'effet.

— Il faudrait, dit-elle, l'atmosphère enfumée, excitante, d'un bar plein.

Peut-être... mais peut-être aussi ne l'avait-elle pas

travaillé du tout et avait-elle vu Albert à la place... ce à quoi Jim évita de penser.

Elle habita, avec Jim, successivement, tous les lits et toutes les chambres du Chalet, qu'elle réquisitionna l'une après l'autre, jusqu'à la petite chambre monacale de Jules. Elle s'arrêta à un large lit rustique, à colonnes et à ciel, orné de fruits et de fleurs énormes, par un peintre paysan.

Kathe publiait des dessins remarqués dans une jeune revue. Elle était toujours avec Jim même pendant son travail : un seul mouvement de ses lèvres, sans qu'elle levât les yeux de son dessin, et Jim venait les abreuver. Ils se persuadèrent que leurs caresses étaient tout de même une préparation à l'enfant. Elles les rendaient un peu hagards.

Il y eut un retour tardif de neige. Un beau matin un épais matelas blanc recouvrit le parc. Kathe l'aperçut la première, appela toute la maison avec des cris de joie, ôta son pyjama sur le perron et plongea toute nue dans la neige fraîche. Elle y disparaissait, y nageait, y faisait des culbutes, en mangeait.

— Quand vous serez plus grandes, dit-elle aux fillettes, vous saluerez ainsi la neige avec moi.

Jules et Jim craignaient qu'en se roulant sur la pelouse enneigée où quelques piquets bas étaient fichés, elle ne se blessât — mais, sans paraître y penser, elle se rappelait fort bien où était chacun d'eux.

Un télégramme annonça la venue de Fortunio, pour vingt-quatre heures. Le soir même il était là. Jules et

Jim l'avaient longuement promené dans le Paris des poètes dès ses dix-sept ans, et ils le considéraient comme un jeune frère. Il les appelait d'ailleurs : « Père Jules » et « Père Jim ». Il avait été six ans plus tard l'amant de Kathe, presque sous les yeux de Jules. Mais comment lui en auraient-ils tenu rigueur ? C'est Kathe qui choisissait et qui prenait ses amants bien plus qu'elle n'était prise par eux — et dès cette époque elle avait pu dire, avec vérité, à Fortunio, qu'il n'y avait plus rien à gâter dans son amour pour Jules.

Fortunio était là, dans un gros pardessus croisé vert clair, avec une voix roulante, un teint de lis et de roses, pattu comme un jeune chien de race.

— Où le coucherons-nous ? dit Jules.

— Chez nous, dit Kathe.

Jules savait qu'il n'y avait pas un lit libre dans la maison mais Kathe avait dit « chez nous », ce n'était donc plus son affaire. Il monta à son heure habituelle dans sa chambre de célibataire, car il se levait tôt le matin.

Kathe, Jim et Fortunio devisèrent tard dans la chambre au lit à colonnes. Kathe dit :

— Nous pouvons tous les trois dormir dans ce grand lit.

— Pourquoi pas ? dirent-ils.

Jim sentait Kathe tentée de faire une expérience. Soit ! Il la ferait aussi.

Ils se couchèrent tous les trois, soudain dans le noir. Les draps sentaient bon frais. Kathe aussi. Elle avait pris la place du milieu. On avait prêté un pyjama à Fortunio. Jim se rappela Magda et la nuit de l'éther.

Ils parlèrent encore, puis se turent. La main droite

de Kathe tenait Jim. Jim fut certain que la gauche tenait Fortunio : comparaisons... Faire la lumière avec la poire qui ballottait derrière sa tête ? Cela n'eût pas été d'un beau joueur. Ils étaient libres tous les trois. Pile ou face. Jim était prêt à perdre Kathe sans dire un mot. Fortunio était prêt à tout ce que Kathe voudrait. Jim pensa : « Si Kathe se prête à Fortunio, je suis libéré. » Le silence et les manœuvres imperceptibles de Kathe duraient, Jim ne désira plus avoir un enfant d'elle.

Kathe tourna la tête vers Fortunio, lui dit à voix haute : « Bonne nuit Fortunio ! » et l'embrassa. Elle se tourna vers Jim, allait sans doute lui souhaiter bonne nuit, mais il lui parlait déjà, à l'oreille :

— Du temps où je voulais de toi un enfant...

— Quoi ? dit Kathe, de quel temps parles-tu ?

— D'il y a dix minutes, dit Jim.

Kathe enjamba vivement Jim, faillit tomber hors du lit, poussa Jim au milieu, se bourra dans ses bras, à sa droite.

— Continue, Jim, dit-elle, attentive.

— Je n'ai rien à continuer, dit Jim.

Elle l'enlaça. Jim respecta la proximité de Fortunio et ils s'endormirent. Ils se réveillèrent tous les trois, dispos. Fortunio fut charmant, et partit.

Kathe lisait tout haut à Jules et à Jim un passage des « Affinités électives », la mort de l'enfant noyé dans le lac. Ses larmes coulèrent, alors Jim en eut une aussi. Tout ce qui était « enfant » les bouleversait. Jules avait pitié d'eux.

Jim leur lut un poème « Daphnis et Chloé ».

CHLOÉ

N'y a-t-il rien de plus, Daphnis
Que nous tenir entre nos bras
Et nous endormir ainsi ?

DAPHNIS

Si, Chloé. Il y a
la prise de toi
Que je sais maintenant.

CHLOÉ

N'y a-t-il rien de plus, Daphnis
Que la prise de moi
Que tu as faite ?

DAPHNIS

Si Chloé. Il y a
Nous tenir entre nos bras
Et nous endormir ainsi.

Kathe dit :

— J'aime que ça tourne en rond.

Jules dit :

— C'est comme une traduction littérale de plusieurs langues mélangées.

Jim dit qu'il fallait abaisser les frontières entre les langues. Ils firent de petits poèmes en trois langues mêlées, tels qu'ils leur venaient, comme en rêve. Jules et Jim parlèrent de leur Austrasie. Kathe dit qu'il faudrait encore des tassements et des guerres.

— Vous êtes de bons Européens, leur dit Jules. Vous n'êtes nationalistes qu'à l'intérieur de votre amour.

Cela durait longtemps, cette attente énervante... Kathe et Jim, ce ne fut plus du beau fixe mais des hauts-qui-baissent comme disent les paysans. Dans le ciel le plus serein éclatait soudain un coup de tonnerre et un vertige de destruction prenait Kathe. Il lui fallait du combat et du sang frais.

Son visage était ravagé en un instant par un doute et prenait une expression effrayante. Le sourire archaïque devenait une entaille au couteau.

A ces moments-là Jules la soignait comme une malade. Il considérait ces crises comme un mal sacré, dangereux pour elle et pour tous, comme des « tremblements d'âme ». Il y avait eu dans la famille de Kathe de grands talents, et des suicides sans causes connues.

Et quand Jim était trop heureux, il fallait qu'elle le frappât.

Un jour de béatitude ils allèrent en ville. Pour finir plus vite des courses ennuyeuses, et pour s'amuser ensemble après, Jim lui proposa ceci : il irait seul chercher un document pour leur mariage, et elle dans les magasins.

N'aimait-elle pas être laissée seule en ville, la bride sur le cou, comme un bien que l'on ne peut voler ? Elle monta dans un taxi et, comme il démarrait, elle dit à Jim qui courait à la portière, dans sa figure qui s'approchait pour un baiser :

— Et maintenant, je vais faire quelque chose d'irréparable.

Elle n'apparut pas au thé où ils avaient rendez-vous, il ne la revit que le soir au Chalet. Il avait tout l'après-midi déchiré leur amour en morceaux.

Elle les recolla par l'aspect de la joie qu'elle eut à retrouver Jim. « Elle n'avait, dit-elle, rien fait. » Jim la crut. Jules pas, justement parce qu'elle était guérie et amoureuse de Jim. « Peu importe, pensait Jules, c'est sa façon d'aimer. »

A la fin d'un repas Jules risqua, contre son habitude, une plaisanterie un peu osée, à propos d'une chemise de nuit de Kathe. Jim ne l'aima point. Pour Kathe : lèse-amour. Elle les accabla tous deux de son mépris. Jim fit en vain observer qu'il n'avait rien dit. Quand elle avait des reproches à faire à l'un elle englobait l'autre, solidairement. Jules prit un air contrit mais il avait envie de rire.

— Mon Bochillon, dit Jim à Kathe, tu me déclares toujours la guerre...

— Il y a tellement de quoi ! répondit-elle.

Lucie faisait un séjour dans la ville voisine, où Jim l'avait connue. Il ne l'avait pas vue depuis sept ans. La guerre avait été dure pour elle. Ses parents étaient morts, sa famille avait été ruinée. Jules la vit le premier, seule. Il raconta le soir qu'elle était toujours Lucie, mais qu'elle avait bien changé. Elle était du même âge que Jim, huit ans de plus que Kathe. Elle vint les voir. Jules l'avait mise au courant de toute leur histoire.

Jim éprouva une émotion en voyant une Lucie vieillie. Elle avait travaillé de ses belles mains. Ils déjeunèrent tous les quatre et s'assirent dans le parc. Kathe s'appliqua un moment à lui faire cruellement sentir que ces deux hommes, qui l'avaient aimée, étaient à elle, Kathe, maintenant. Mais Lucie n'était plus sur ce plan-là, elle puisait ses forces ailleurs. Elle savait que, emportés par le tourbillon de Kathe, ils conservaient en eux les causes de leur ancien amour pour elle, Lucie. Elle reconnaissait la vitalité et l'audace de Kathe, et rien de plus.

Kathe lui dit son divorce, ses fiançailles avec Jim. Elle développa cette thèse : certaines femmes, qui en sentent la vocation, doivent, pour le bien de la race, faire un ou des enfants avec tel ou tel homme, quand leur instinct le leur indique, mais elles ne peuvent pas les élever tous, elles ne sont pas forcément douées pour cela. Elle demanda à Lucie si elle voudrait élever l'enfant qu'elle aurait de Jim. Lucie se tut d'abord, puis elle dit :

— Je le ferais, si Jim me le demandait, et si l'enfant m'était confié une fois pour toutes.

Jim admira Lucie.

Lucie vivait seule maintenant dans sa grande maison, louée en partie, et dont elle n'occupait plus que l'étage mansardé. Elle les invita à venir la voir, s'ils passaient par là. Jim accepta. Kathe sembla n'avoir rien contre.

Lucie partit.

— Le calme, dit Kathe, c'est un masque. Masque pour masque, j'aime mieux la violence.

Jules avait conservé un peu d'amertume envers Lucie qui l'avait si persévéramment refusé. Il pensait à la vie droite et solide qu'il eût eue avec elle, si elle l'avait voulu. Jim en ce moment ne vivait que pour Kathe et que pour leurs futurs enfants. Peut-être Lucie pensait : « Jim et Kathe, ça ne durera pas toujours. »

VIII

LE PAVILLON EDGAR POE

Kathe emmena Jim dans sa capitale, elle lui montra la façade de sa maison natale, et lui conta ses souvenirs d'enfance.

Ils retrouvèrent Fortunio et ils virent des bars où des matelots dansaient ensemble, et d'autres où des dactylos dansaient ensemble. Ils fréquentèrent d'autres bars qui restaient ouverts toute la nuit, malgré les règlements, et où la menace d'une invasion par la police, dans l'obscurité que l'on faisait soudain, était pour les habitués une attraction de plus. Ils virent un ballet clandestin de jeunes filles nues, pudiques, qui était un chef-d'œuvre. Ils en virent d'autres, du même genre, quelconques. Jim, à la surprise de ses compagnons, fut vite lassé de cette vie nocturne et préféra passer ses soirées « à la maison ».

« A la maison », c'était un pavillon d'un seul et haut étage, bien construit en briques rouges et noires, donnant sur une grande cour-jardin, dans un quartier bourgeois, et prêté à Kathe par Irène, sa sœur aînée. Il comprenait une vaste véranda-salon, un salon à musique et deux grandes chambres. Le mobilier était hétéroclite, mi-somptueux, mi-confortable. Les commodes et armoires étaient pleines de souvenirs empilés, notamment une douzaine de chapeaux romantiques qui avaient coiffé Irène. Elle vivait à une heure de là, dans une belle maison de campagne, veuve, avec ses cinq enfants. Le pavillon leur servait de pied-à-terre quand ils venaient en ville.

Jim avait vu, dans les albums de famille, une photo d'Irène jeune. Il avait eu l'impression que, sans Kathe, de six ans sa cadette, Irène aurait peut-être pu l'attirer. Elle avait un sourire non archaïque mais prenant, des prunelles bien centrées. Depuis son veuvage un petit cercle de prétendants et d'amoureux l'entourait.

Kathe mena Jim passer quelques jours chez Irène. Il savait qu'Albert, peu de mois auparavant, avait vécu deux jours là avec Kathe. Les deux sœurs étaient rivales nées mais s'entraidaient par principe dans leurs affaires d'amour. Irène fut coquette envers Jim, malgré la présence de sa cour et de Kathe.

Les grands enfants d'Irène étaient beaux. Kathe et Jim passèrent toute une nuit avec les deux aînés, sur un lac, dans leur bateau à voiles, et furent roulés par eux, pour y dormir, dans la voile de rechange. A l'aurore ils jouèrent au tennis avec des dessous de bocks en carton, dans une auberge au bord du lac.

Les neveux de Kathe l'embrassaient comme des amoureux. Toute la maisonnée parlait sévèrement des frasques d'Irène, mais l'aimait.

L'appartement du pavillon, déjà singulier en lui-même, devint un peu plus « Edgar Poe » pour Jim à cause des faits suivants.

Jim rêvassait un cigare aux lèvres dans la véranda,

ayant devant les yeux le long mur de briques foncées qui séparait la cour-jardin de la cour contiguë. Il lui sembla que ce mur n'était plus à angle droit avec le sol. Il se frotta les yeux. Avec une lenteur étrange le mur s'inclina, pivota autour de son pied et s'abattit de bout en bout sur les massifs, les cages à poules et les vélos, avec un bruit sourd. Un nuage de poussière monta...

Le lendemain Jim dormait, tenant Kathe dans ses bras. Il lui parut que la poussière du mur remontait du parquet de la chambre, et qu'il avalait des cheveux de Kathe, avec un chatouillement dans la gorge. Il ouvrit les yeux et vit un beau brouillard rosé roulant en volutes, ras au-dessus de leurs têtes. « Quel drôle de rêve ! » pensa-t-il. Puis il comprit que c'était pour de bon. Une fumée épaisse remplissait le haut de la chambre et le soleil levant la colorait par la fenêtre. Seul le bas, vers le parquet, en était encore libre. L'odeur de brûlé acheva de le réveiller. Il secoua doucement Kathe dont le poids le tenait prisonnier.

— Kathe ! Il y a le feu ici.

Kathe ouvrit un œil, huma de la fumée, jugea la situation, et referma l'œil.

— Kathe, ça va flamber si des vitres claquent.

— Laisse-moi une minute, Jim. Je devine ce que c'est.

— Qu'est-ce que c'est, Kathe ?

— C'est cette sacrée Irène, avec son désordre. Elle a mis pour un jour son fourneau à gaz sur une caisse d'emballage à claire-voie, remplie de paille et de coton, et il y est resté cinq ans. Hier soir, en cuisant le dîner, cette sacrée Kathe, ou ce sacré Jim, aura laissé tomber une allumette mal éteinte dans une des fentes, et le feu mijote dans la caisse.

— Si on y allait ?

— Oh, maintenant qu'on est fixé... dit Kathe.

Et elle se remit en position pour dormir.

Jim ne put s'empêcher de rire.

Ils y allèrent pourtant, gênés par la fumée, arrosèrent en vain la caisse, finirent par la traîner, non sans peine, et la précipitèrent par la croisée. Kathe pendant ce travail, toute nue, fut la plus adroite et la plus efficace.

Un soir, tard, deux barons un peu éméchés vinrent faire visite à Kathe. Jim ne voulut pas se lever. Kathe les reçut. Jim de son lit entendait leurs plaisanteries sonores : ils faisaient à Kathe des propositions variées dont la meilleure était de leur permettre de jeter son Français par la fenêtre. Jim songea à faire une apparition dans le salon, pour voir, mais il était trop paresseux pour s'habiller. Kathe s'amusait de cette conversation et la nourrissait de petits verres. Elle était très sensible à l'alcool, et Jim n'aimait pas pour elle ce qui était liqueurs et barons.

Les visiteurs partis, il le dit doucement à Kathe. Elle le prit mal. Ils se heurtèrent avec leur conviction et leur rapidité habituelles. En deux minutes la tempête fut là. Kathe parla de Gilberte. Jim répondit :

— Gilberte égale Jules.

Kathe riposta :

— Gilberte égale Albert.

Cela devint vilain.

Ils entendirent Jules, venu pour quelques jours, rentrer du théâtre et se coucher dans la chambre voisine.

— Jules et toi, dit Kathe, de beaux psychologues ! On a beau leur écrire des choses noir sur blanc, ils les lisent sans les comprendre, en se faisant des clins d'œil entendus.

— Par exemple ? dit Jim.

Fut-ce l'influence du peu d'alcool bu ? Kathe décida de frapper à fond.

— Par exemple... dit-elle, dans mon journal de l'an passé, la veille de ton départ, l'après-midi où tu es allé seul voir ce film, j'ai écrit : « Je suis allée chez Harold et, à un certain moment, il plaça ses mains de chaque côté de moi (elle répéta, en désignant les mains du regard, puis en relevant le visage vers un Harold imaginaire)... de chaque... côté... de moi... Si ce n'est pas clair, cela, que vous faut-il ?

Elle tenait la tête haute, ses cheveux défaits, à genoux sur leur grand lit, ses yeux dans ceux de Jim. Il y lut que c'était vrai.

Ainsi elle avait fait cela, au milieu de la confiance de Jim, au plus chaud de leur amour, et elle avait gardé ce poison caché, malgré leurs confessions-liquidations. Quelque chose s'écroulait en Jim, comme le mur. En même temps un poids s'accumulait dans sa main droite. Il l'abattit, bien ouverte, sur la face de Kathe qui fut projetée en travers du lit. Il aperçut les deux fossettes de ses reins, qu'il aimait, et il gratifia chacune d'un direct, surpris, comme toujours, par l'élasticité de la chair de Kathe.

Elle poussa un cri.

On tapa à la porte.

La voix de Jules demanda du salon voisin :

— Qu'y a-t-il ? Avez-vous besoin de moi ?

— Non ! Merci, Jules !, cria Kathe en se relevant, tuméfiée, radieuse.

— Enfin ! souffla-t-elle à Jim, un homme qui ose me battre quand je le mérite !... Tu m'aimes, Jim !

Et elle enfouit sa face dans la poitrine de Jim.

Il ne la repoussa pas longtemps. Mais la vision des deux mains de Harold resta latente en lui, et à chaque crise il pensa : « Que me cache-t-elle encore ? »

Kathe eut mal aux reins, la face gonflée plusieurs jours, et la promena en ville.

Jim avait reçu un coup plus fort que celui qu'il avait donné. Devait-il appliquer le talion ?

Une occasion se présenta bientôt. Kathe dut aller vingt-quatre heures chez sa sœur pour un rendez-vous avec leur notaire. Irène prit adroitement le contre-pied, et se présenta chez elle, devant Jim, à midi, au moment où Kathe arrivait à sa maison de campagne et trouvait un mot d'elle. Jim ne pouvait qu'inviter Irène à déjeuner.

Elle avait une robe d'été qui faisait valoir sa plénitude saine, et un chapeau romantique qui ne déparait pas la collection des précédents. Elle était gaie : elle avait acheté par caprice une jolie prairie et une colline boisée, à un prix excessif que sa famille lui reprochait, et voilà que la dévaluation rapide faisait de cet achat une brillante affaire.

Jim et Irène rencontrèrent dans la rue une voiture à bras chargée de roses rouges. Jim lui en offrit une botte sans même penser à leur signification.

Elle avait quelque chose de créole et d'enfant gâtée, à côté du sérieux de Kathe. Elle exprima l'intention de coucher dans une des deux chambres de son pavillon (elle était chez elle) et son désir de voir un certain film.

Jim s'offrit à l'y mener. Ce fut chose convenue, ainsi qu'un souper dans un « local » sympathique qu'elle lui montrerait.

Au thé, elle parla de Kathe, de leur enfance, de leurs conceptions différentes sur tout : elles s'estimaient mais n'étaient d'accord sur rien... pas même sur l'amour.

A ce propos Jim crut prudent d'affirmer, en prévision de la nuit prochaine, qu'il croyait, dans certains cas, à la fidélité, et que lui, au moins, la pratiquait envers Kathe. « Bravo ! » dit Irène avec un sourire de défi. Jim sentit qu'elle avait résolu de s'amuser, et de l'attaquer à fond, lui, Jim. Elle avait un parfum des îles, son nez et son menton étaient des variantes plus féminines du nez et du menton de Kathe.

Au fait, Irène, quelle superbe vengeance ne serait-ce pas contre Kathe, quel poignard planté en elle à son tour, au bon endroit, pour qu'elle sache ce que c'est, et effaçant les mains écartées de Harold ! Dans la minute qui suivit sa proclamation de fidélité Jim s'abandonna en esprit à Irène. Il eût même voulu que ce fût immédiat, sans film ni souper.

Ils rentrèrent à l'appartement, déjà complices.

Qui trouvèrent-ils, assise au piano, pâle, en pyjama de soie rouge, jouant une sonate de Beethoven, appliquée comme une enfant ?... Kathe en personne.

Sitôt qu'elle eut trouvé la lettre d'Irène expliquant son absence, Kathe, qui connaissait sa sœur et son Jim, était repartie, sans notaire et sans déjeuner, vers l'unique train qui pouvait la ramener en ville ce jour-là, et elle les attendait.

Kathe fut sévère envers Irène qui n'en mena pas large. Dans leurs querelles de sœurs c'était Kathe qui avait le dessus. Irène se retira dans sa chambre et convoqua par téléphone un autre cavalier.

Kathe fut extraordinairement indulgente envers Jim : elle comprenait et elle l'excusait, d'autant plus qu'il n'avait encore rien fait. Comme une jeune mère qui défend à son enfant, chez le pâtissier, un gâteau qu'il souhaite, et qui lui en donne un meilleur fait à la maison (il ne faut pas qu'il pleure, il faut qu'il sache que celui qu'il mange lui convient le mieux), penchée sur Jim, elle lui livra ses trésors, l'observant, et bribe à bribe elle arracha de lui tout ce qu'il pouvait avoir eu de désir pour Irène.

Et la paix fut faite entre eux sans que Jim ait réalisé son talion.

IX

LA PROMENADE NOIRE

Ils rentrèrent au Chalet. Le printemps avait tourné, l'été était venu. Le divorce était terminé. La date approchait où Kathe et Jim pourraient concevoir un enfant qui ne portât pas le nom de famille de Jules. Les formalités étaient nombreuses et difficiles à cette époque pour un mariage entre ressortissants de leurs nations. « Peu importe, pensait Jim, faisons notre enfant, nous aurons le temps de parfaire le mariage avant sa naissance. »

Ils firent une promenade avec les fillettes. Près du village, dans un enclos, un Bohémien avait mis ses deux singes. Elles entrèrent pour leur donner des noisettes. Le plus grand singe sauta sur les épaules de Lisbeth, lui prit les noisettes et lui tira les cheveux. Jim enjambait les fils barbelés pour intervenir, mais déjà Kathe s'était glissée par-dessous et mettait le singe en fuite. « Comme elle est rapide ! » pensa-t-il.

Le soir, à table, on parla d'animaux habitant les cavernes, le fond des mers. Kathe dit à ses filles :

— Il n'y a pas de monstres, parce qu'ils ne savent pas qu'ils sont des monstres pour les autres. Ils sont innocents comme nous, ils aiment leurs petits comme nous : Dieu les a faits tels. Et il est aussi le Père des serpents, des voleurs et des assassins.

Et tous s'attendrirent sur les monstres.

Dans un magasin pour sports où ils avaient fait des achats, Kathe chipa, avec décision, une toute petite boussole qu'elle montra fièrement aux enfants.

— C'est une pente dangereuse, dit Jim.

— C'est si amusant, dit-elle, et nous avons payé toutes les autres choses !

La date légale vint enfin pour commencer l'enfant. Ils furent presque surpris par cette liberté attendue. Ils s'étaient préparés par le choix de leur nourriture, par une vie saine, par leur absence de tout autre but. Ils avaient fixé à peu près la date de la naissance. Ils firent leur enfant avec piété. Ils se sentaient comme deux bêtes sauvages et libres, dans le parc, la nuit — et dans leur antre, le lit à colonnes peinturluré.

Le moment venu, ils virent avec étonnement que Kathe n'était pas enceinte. Jules fut tendrement ironique.

— C'est comme au golf, dit Kathe. Quand on est trop sûr de réussir on rate son coup.

Ils recommencèrent donc, plus modestes. Ils furent Adam et Eve, soumis à leurs instincts.

Un mois plus tard ils eurent de nouveau la certitude que « Dieu n'avait pas béni leur union ».

Cette fois ce fut un choc.

Ils allèrent voir un spécialiste qui les trouva normaux et bons pour procréer. Le mot « normaux » les offensa presque. Dans ce domaine, ils avaient peine à se contenter de la moyenne. Le docteur leur dit qu'il fallait savoir attendre, qu'il y avait des impondérables, et que nombre de couples n'étaient féconds qu'après des mois.

Kathe et Jim s'appliquèrent à être patients. Ils recommencèrent, Kathe à dessiner, Jim à écrire. Puis ils allaient dans les grands bois, s'aimaient, et Jim soulevait Kathe par les pieds et la secouait doucement, comme un sac de noix que l'on tasse, pour augmenter leurs chances d'avoir un bébé. Ils se sentaient frères avec l'herbe, les pierres, les arbres, les étoiles.

La lune suivante leur apporta une nouvelle déception.

Jules leur disait :

— Des enfants ? Ça peut vous arriver, mais ce n'est peut-être pas votre spécialité.

Kathe pensa que l'ambiance du Chalet n'était pas favorable.

Ils partirent, octobre arrivant, pour une ville historique, un pèlerinage spirituel où la nature était limpide.

Un doute commençait à les ronger sur leur vocation parentale. Même Jules avait eu son enfant bien plus vite. Ils devaient continuer les formalités pour leur mariage, mais Kathe avait oublié d'emporter ses papiers, ce que Jim interpréta comme un indice.

D'après ses photos, enceinte, de jadis, d'après les récits de Jules, Jim pensait que Kathe n'était jamais aussi totalement Kathe que lorsqu'elle attendait un bébé. Jim avait besoin de se dévouer à une Kathe arrondie, fertile, pacifiée. Il se formait entre eux un creux que leurs étreintes ne remplissaient plus qu'un moment.

Bien sûr ils s'amusaient comme avant. Ils chassaient les corbeaux, sans jamais les atteindre, au revolver et avec de bons lance-pierres. Ils se tenaient dans les bras. Mais ils attendaient la prochaine déception. Que feraient-ils après ?

« A quoi bon se marier, si l'on n'a pas d'enfants ? pensait tout bas Jim. Nous les imaginions plus beaux les uns que les autres, une grande maisonnée pleine : eux, Jules, les fillettes, Mathilde — avec des chambres pour les amis qui voudraient bien venir... Kathe reprendra peut-être ses aventures, si nous n'avons pas d'enfants. »

Allaient-ils vraiment recommencer à travailler ? C'est pour élever leurs enfants qu'ils souhaitaient des succès.

Kathe avait de son côté des pensées qu'elle ne communiquait pas. Elle allait quelquefois prendre le café, seule, dans un bar. Elle y emmena Jim et lui présenta un professeur de boxe, agile, énergique, petit et malin.

Ils allèrent à sa salle, virent de bons assauts. Jim boxa contre lui, le toucha une fois, fut touché plusieurs, débordé, et s'inclina volontiers devant sa mobilité et sa science.

Entre-temps le boxeur apprenait à Kathe l'art difficile de tricher aux cartes. Elle avait des dispositions. Jim aucune, et il sentait dans ce bar une atmosphère où Kathe était à l'aise, et lui pas.

Un soir, après dîner, Jim laissa par malheur Kathe monter seule dans leur chambre, et acheva de consulter dans la salle à manger un journal de bourse. Kathe et lui, avec leurs quatre sous, avaient risqué une petite spéculation qui semblait réussir. Fallait-il revendre tout de suite? — Il rejoignit Kathe, qu'il pensait trouver couchée. Elle était habillée, poudrée et prête à sortir, l'œil à la fois souriant et dur. Elle demanda à Jim s'il voulait l'accompagner — pour la forme, car il était grippé. Elle partit pour une demi-heure.

Au bout d'une heure Jim avait fini ses calculs. Il eut un pressentiment : Kathe avait glissé comme une anguille. Au bout de deux il fut très inquiet. Au bout de trois, il fut convaincu qu'elle était allée *accomplir l'irréparable,* comme elle disait. Alors Jim s'attaqua à la pyramide de leur amour et, pierre par pierre, commença à la démolir. Le récit de cette nuit, qu'il nota peu après dans son carnet, remplit plusieurs pages. Il avait la fièvre, ses oreilles sifflaient. Il ne pouvait pas dans cet état courir après Kathe, et il ne le voulait pas non plus. Kathe n'admettait pas la maladie, et c'était son tour à lui d'être malade.

Kathe lui laissa tout le temps de penser car elle ne revint, toute souriante, qu'à deux heures du matin. Elle avait « fait une grande partie de cartes avec le boxeur et ses amis ». Jim eut l'idée de la battre, mais il ne s'en sentit ni la force ni la conviction. Il avait envie de s'échapper.

Il dit à Kathe qu'il craignait que le boxeur ne l'influençât.

— J'ai raconté au boxeur notre malheur (Jim tressaillit). Il m'a proposé de me faire, à ton insu, un enfant. (Jim entendit cela avec horreur.) Mais j'en attends un de toi.

Elle dit ces mots en levant les yeux sur lui, et il la crut.

Fin novembre approchait. Le mariage était en panne. Il manquait toujours quelque chose de nouveau aux dossiers. En avaient-ils encore envie? La neige tombait, l'hôtel était mal chauffé. Tous deux souhaitaient leur « home », mais pas le même. Ils attendaient une fois de plus pour savoir si leur enfant leur était accordé. Comme il eût à l'instant tout remis en place!

Deux jours plus tard il fut de nouveau certain que Kathe n'était pas enceinte.

Jules l'appelait pas lettres chez sa mère, dans la capitale. Jim ignorait tout ce qu'elle avait pu écrire à Jules. Jim souffrant sentit le besoin d'être soigné par sa propre mère, dans son lit d'étudiant.

Ils décidèrent, sans rien arrêter pour l'avenir, de rentrer chacun chez soi.

Le moment venu, ses valises déjà à la consigne, Kathe recula son départ d'un jour et emmena Jim faire à travers la campagne où la neige fondait une longue promenade, aussi inoubliable que celle qui préluda à leur amour.

Seulement pendant celle-ci Kathe ne parla que de Jim, et elle lui fit, de sang-froid, tous les reproches qu'elle avait accumulés. Elle lui présenta un Jim égoïste, avare, trop prudent. Il y avait des vérités, pensa Jim, et aussi des *lèse-majesté* sans fondement. L'ensemble de l'accusation était un modèle de clarté et de composition. Quand elle en arriva au dernier mois passé dans cette petite ville, Kathe ne put se contenir et son indignation éclata, notamment à propos de la mollesse des démarches de Jim pour le mariage — ce qui surprit Jim car il trouvait son dossier plus complet que celui de Kathe.

Pour conclure, Kathe se sentait bafouée, n'avait pour le moment qu'une envie, retrouver les tendres et généreux soins de Jules.

Jim eût eu beaucoup à répondre, mais il aimait mieux réfléchir. Et puisqu'il ne lui donnait pas d'enfant, il avait tort.

Ils couchèrent, cette dernière nuit, dans un tout petit hôtel à côté de la gare, dans un lit étroit et dur. Ils ne parlaient plus. Ils se prirent encore une fois, sans savoir pourquoi, pour mettre un point final peut-être. C'était comme un enterrement, ou comme s'ils étaient déjà morts.

Jim eut pour la première fois le spectacle d'une Kathe immobile, froide, et il se donna à elle à regret.

Jim mena Kathe au train. Ils n'agitèrent pas leurs mouchoirs.

Jim était heureux qu'elle allât vers Jules. Pourvu que leur échec la ramenât à Jules !

Kathe s'en va. Il n'a pas su la garder. Il ne veut même plus la garder. Est-ce fini ?

Jim est seul. Il lui semble qu'on a ôté une dalle de sa poitrine. Il respire largement. Au fond de son poumon, un pinçon aigu.

Kathe aurait voulu en lui, en plus des siennes, les qualités de Jules — et d'autres encore. Il aurait souhaité en elle la sûreté et la régularité de Lucie.

Ils n'étaient pas raisonnables.

III

JUSQU'AU BOUT

I

RUPTURE ?

Jim rentra malade à Paris, chez sa mère. Il se coucha dans son lit d'étudiant, il y resta trois semaines avec de la fièvre et des douleurs dans les os. Son point au poumon s'effaçait. Il se leva, sortit et rechuta pour un mois.

Son médecin, intelligent, le questionna sur sa vie depuis un an qu'il ne l'avait vu. Jim raconta en gros. A part les dernières semaines il ne s'était jamais si bien porté. Le médecin lui dit :

— Vous êtes surmené à fond, vous avez vécu sous tous les rapports dans une euphorie excessive, vos cellules font grève et vous imposent un repos complet. Vous êtes pour un temps à la merci d'un courant d'air ou d'une contrariété.

Vus de son lit de malade ses huit derniers mois lui semblaient débordants de joies, mais aussi d'efforts épuisants. La trêve avec Kathe était une nécessité.

Il avait écrit, demandant des nouvelles de Kathe et de Jules. Elle lui répondit une lettre brève, louant la tendresse de Jules. Une phrase semblait laisser une porte ouverte sur de l'inconnu. Jules de son côté répondit avec réserve, il ne voulait pas les influencer. Il ne savait pas si Kathe et Jim avaient une querelle de plus, ou une rupture en train. Jim se demanda si Kathe et Jules avaient repris leur vie conjugale. Il le souhaita pour Jules. Kathe revoyait-elle Albert, ou Harold, ou un autre ? Il pensa que oui. Dans l'état où il était, il sentait comme une protection toute barrière entre lui et Kathe.

L'hiver était là.

Un mot de Kathe, incroyable, arriva : « Je crois être enceinte. Viens. »

« Mais de qui ? » se dit Jim.

Il était au lit, avec sa rechute, hors d'état de se lever. Il l'écrivit à Kathe. Il n'avait pas non plus envie d'aller la voir, enceinte probablement d'un autre, car ce n'était pas leur pitoyable dernier adieu qui avait pu faire ce que leur pleine flamme n'avait pas réussi.

Jules écrivit, très court, disant que Kathe voulait le voir et ne croyait pas à sa maladie. Jim s'en irrita : elle jugeait les autres comme elle. Il lui écrivit son doute sur la paternité de l'enfant (si elle en avait vraiment un) basé sur leur passé, sur le boxeur, et sur la première lettre de Kathe après leur séparation.

Le destin frappait à leurs portes : toc toc toc toc.

Ils eurent un dialogue de sourds. Leurs lettres étaient trois jours en route. Jim avait à peine posté sa lettre de doute qu'il en reçut une de Kathe, avec un vrai halo, paroles d'une jeune femme enfin féconde et reconnaissante à Dieu, convainquant Jim que, pour elle-même, pour sa propre certitude, pour sa vie à venir avec cet enfant, elle ne s'était donnée qu'à Jim.

Plus encore que ce qu'elle disait, sa manière innocente et sans défense bouleversait Jim. Il la vit comme un agneau. Il lui écrivit et se prépara à partir vers elle dès qu'il pourrait tenir debout.

Entre-temps Kathe reçut la dure lettre de doute et elle crut que c'était la réponse de Jim à sa douce lettre. Elle fut dévastée, reprit sa colère et le piqua comme une guêpe dans une lettre de rupture.

A peine l'eut-elle postée qu'elle reçut la suave lettre d'un Jim persuadé, et annonçant sa venue. Elle crut, pour la première fois, qu'il était malade et elle eut pitié de lui.

Mais Jim avait reçu sa violente lettre de rupture et il lui répondit, confirmant cette rupture.

« Barre à droite, toute ! » — « Barre à gauche, toute ! » Ainsi gouvernaient-ils à grands coups leurs barques, jusqu'à ce que leurs plumes leur tombent des mains, comme des porte-voix inutiles, couverts par la tempête.

Ils s'étaient promis jadis de ne jamais plus se téléphoner, craignant d'entendre leurs voix sans pouvoir se toucher.

Celui qui a frappé avec l'épée périra par l'épée. Ils s'étaient porté et se portaient de grands coups d'épée.

Mais celui qui a donné des sourires gracieux sera sauvé par des sourires gracieux. Et ils s'étaient donné et ils se donnaient encore des sourires gracieux.

Un jour Jim, encore dans son lit, où il traîna tout l'hiver, sans fièvre ce jour-là, appuyé sur ses oreillers, pensait à Kathe future maman. Elle avait une fois, dans un magasin, imité pour rire la démarche qu'elle aurait avec son ventre gonflé. Elle avait une autre fois esquissé sur une toile une tête de tout petit aux boucles blondes ébouriffées. Il imagina Kathe tenant leur enfant dans ses bras et des larmes montèrent à ses yeux. Il entendit mal ce que lui dirent des visiteurs, répondit à côté. Ils partirent, inquiets pour lui, le laissant seul avec la vision de sa femme et de leur enfant.

Dans un moment noir Kathe écrivit : « Viens vite. Peut-être trouveras-tu encore l'enfant. » Ce *peut-être* était-il une menace ? Il coupa son peu de forces. Il ne pouvait s'embarquer sur un peut-être.

Tout en eux était à éclipses.

Il fut question que Kathe vînt à Paris le rejoindre chez lui, mais sa mère, au courant, n'admettait pas leur vie, et ne le cachait pas. Il craignit leur contact. Kathe serait blessée à vif. Jim lui parla d'un hôtel voisin, pour ses premiers jours à Paris. Elle interpréta cela très mal.

Ils coururent le risque de se croiser en route.

Jules s'offrait à réépouser Kathe et à élever l'enfant.

« Ah, pensait Jim, c'est beau de vouloir redécouvrir les lois humaines, mais que cela doit être pratique de se conformer aux règles existantes ! »

Lassé par ces alternatives de ciel et d'enfer dès avant sa naissance, le tout petit enfant s'éteignit au tiers de sa vie prénatale.

Ceci fut annoncé à Jim par un mot de Jules — et Kathe désirait désormais le silence entre eux.

Ainsi, à eux deux, ils n'avaient rien créé.

Jim restait intrigué par cette fécondation soudaine et il questionna son médecin qui lui dit :

— Il peut arriver qu'un couple bien assorti et ardent n'ait pas d'enfant pendant un long temps — et qu'il en ait un tout à coup si, par suite d'une circonstance quelconque, fût-ce une querelle, la femme est restée une fois frigide.

Leur dernière nuit ! Cela fut un trait de lumière pour Jim. Pour la première fois, il crut tout à fait Kathe.

Il pensa : « Nous avons joué avec les sources de la vie. Nous en avons fait des armes de combat. Elle nous stérilise et nous roule dans sa vague. »

Il saurait des détails, si Jules voulait un jour parler.

Il se convainquit peu à peu que le malheur eût été évité si Kathe et lui avaient appartenu à la même race et à la même religion.

Ils ne se parlaient, au fond, que par traduction. Les mots n'avaient pas absolument le même sens pour eux deux — ni même les gestes. Aux moments de grand désarroi où leur amour craquait, ils n'avaient plus de base commune. Leurs notions d'ordre, d'autorité, du rôle de l'homme et de la femme, différaient.

Ils avaient été téméraires, ils avaient voulu *jeter un pont,* ils avaient bien fait — mais ils avaient conservé leurs orgueils, ils n'avaient pas été des apôtres... Peut-être leur fils en eût-il été un ?

Kathe et Jules non plus n'étaient pas de la même race. Kathe était une pure Germanique, une « poule de combat ». Jules était un Juif qui, sauf quelques grands amis, évitait en général les Juifs.

Six mois passèrent. Jim avait retrouvé ses forces. Il travailla dans son Paris.

En juin Jules lui fit savoir qu'il était remarié avec Kathe.

Ainsi leur foyer ne s'écroulait pas, Kathe restait avec Jules, loin d'Albert ! Jim leur envoya ses félicitations.

En août il eut une occasion d'aller dans leur capitale où ils vivaient maintenant.

Il écrivit à Jules, lui demandant s'il pourrait le voir. Jules répondit que oui — mais que Kathe préférait ne pas le rencontrer.

Jim trouva cela naturel.

II

LE PYJAMA BLANC. AU PAYS DE HAMLET

Il retrouva Jules dans sa cité à lui. Ils eurent tout de suite leurs heures ensemble, tellement simples. Il eût été impossible à Jim de dire ce que Jules était pour lui. On les avait jadis surnommés Don Quichotte et Sancho Pança. Seul avec Jules, comme jadis seul avec Kathe, le temps disparaissait pour Jim. Il prenait avec lui un plaisir total à des riens. Il jouissait du bon cigare de Jules bien plus que du sien. Depuis leur premier jour Jules instruisait Jim à chaque instant, sans le savoir. Jules aimantait Jim.

Jules faisait des poèmes sur les grands dieux hindous.

Peu à peu il parla de Kathe : il avait craint son suicide. Elle avait acheté un revolver. Elle disait : « Un tel est mort du suicide », comme on dit : « Un tel est mort du choléra. » Le suicide était, pour elle, un être irrésistible qui se dresse devant vous, comme une mante religieuse, et qui vous emporte.

Elle savait que Jim était là, que Jules le voyait. Elle permettait à Jules des heures limitées pour voir Jim. Il ne fallait pas que cela changeât les habitudes de Jules chez lui.

Un jour Jules transmit à Jim une invitation de Kathe à venir prendre le thé chez eux.

En route Jim se demanda s'il n'était pas venu exprès pour la revoir ? — Il se répondit : « Non. »

Il trouva une Kathe repliée et comme veuve. Elle avait des *sourires de morte,* comme elle avait dit un jour. Elle semblait mûrie, convalescente et se mouvait au ralenti.

Après le thé, elle mena Jim dans le grand bureau de Jules, et lui dit :

— Cet hiver je suis venue seule ici, et je vous ai imaginé assis à ce bureau. Alors j'ai bien visé et j'ai tiré. La balle a frappé le bois, ici, et le mur, là.

Et elle lui montra les deux marques. Jules ne lui en avait rien dit.

Elle eut un geste las, et les pria de faire avec elle une excursion le lendemain, à un lac des environs.

Elle dit à sa servante : « Faites un paquet de mon pyjama de soie blanc. » Et Jules porta tout le jour au doigt ce petit paquet bien ficelé. Jim se demanda quel rôle il jouerait, puis il l'oublia.

Ils marchèrent en silence dans des allées de beaux arbres. C'était comme s'ils suivaient un cercueil. Jim sentait un but en Kathe. Elle et Jules semblaient en bons termes. Elle était remariée avec lui. Elle était calme. Au moment où Jules prit les billets, Kathe leva pour la première fois les yeux en plein sur Jim.

— Ce que vous avez détruit... dit-elle.

Jim allait parler, il s'arrêta, ses mots ne compteraient pas.

Ils prirent tous les trois un train minuscule et

arrivèrent au lac, entre des collines boisées, et ils en suivirent le bord sur des sentiers coupés de racines. Ils marchaient là, dans cette belle fin d'après-midi et le lien qui avait uni leur trio traînait derrière eux, brisé.

Il parut à Jim que, sous sa grande réserve, Kathe désirait lui donner un espoir. Lequel ? — Ils s'étaient dit le fond de leur pensée, la veille de leur séparation, huit mois plus tôt, et cela restait valable pour Jim, plus même que les lettres qui suivirent. Que voulait-elle ? Pourquoi était-il venu ?

Jules et Jim restaient prudents devant la mélancolie de Kathe. Tel Ulysse s'attachant à un mât pour résister aux chants des sirènes, Jim devait se raidir contre la voix de Kathe.

Dans le crépuscule, au bord de l'eau, un restaurant alluma d'un coup tous ses petits ballons.

— J'ai faim. Si nous dînions là ? dit négligemment Kathe.

Elle prit l'allée des bosquets et pénétra dans le dernier, qui donnait sur le lac.

Là, dans un fauteuil de rotin souple, fumant, était assis Harold.

« Bien joué », pensa Jim stupéfait.

— Diable, Harold, dit Kathe, que faites-vous ici ?

— Je prends le frais, dit Harold, baisant la main de Kathe et serrant rapidement celles de Jules et de Jim.

— Vous dînez avec nous ? dit Kathe.

— Volontiers, dit-il, si c'est tout de suite.

— Vous avez en ville un rendez-vous galant ?

— Peut-être...

Ils dînèrent à la table ronde, Kathe en face de Jules, entre Harold et Jim.

Jim se demanda si Kathe, faisant sa justice elle-même, n'avait pas monté un coup pour le faire jeter dans le lac ? — Il se défendrait.

La conversation fut brillante, rapide, entre les trois autres, et dans leur langue. Des mots échappèrent à Jim, qui n'essaya plus de suivre.

Harold était là, homme du monde. Il avait eu Kathe garçonne, et la veille de son mariage avec Jules. Il l'avait eue aussi la veille du premier départ de Jim, pendant le cinéma. Harold était l'exécuteur des vengeances de Kathe. Jim eût volontiers boxé contre Harold, pour le connaître mieux. Il tâchait d'imaginer le combat.

Harold et Kathe burent des liqueurs.

Après le dîner, ils marchèrent tous les quatre sous bois, à une vive allure. Kathe s'appuya un instant sur le bras de Jim, pour ôter un gravier de son soulier. Que voulait-elle ?

Le retour, la station, le petit train, la ville. A pied ils contournèrent un parc. Ils s'arrêtèrent devant la maison de Harold, se dirent au revoir. Kathe donna une poignée de main à Harold. Elle rejoignit Jules et Jim. Ils allaient rentrer tous les trois. Qu'avait signifié tout cela ?

Kathe se ravisa :

— Donne-moi ce petit paquet, dit-elle à Jules.

Il le lui tendit, la ficelle était serrée au bout de son petit doigt. Elle la déroula, saisit le paquet, retourna à Harold, lui prit doucement le bras, souhaita poliment : « Bonne nuit ! », et marcha avec lui vers le grand porche où ils disparurent. L'épaisse porte claqua derrière eux — devant Jules et Jim, plantés là, ébahis.

— Re-bien joué, dit Jim, deuxième coup de théâtre et emploi du pyjama blanc. Je ne m'y attendais pas.

Kathe les frappait tous les deux à la fois. Jim prit le bras de Jules et ils marchèrent ensemble.

— Ouf ! fit Jim.

— Ouf, répéta doucement Jules.

— C'était sans doute utile, dit Jim... Je m'étonne qu'elle n'ait pas choisi un homme nouveau pour lui confier ce rôle, Harold lui a déjà tant servi...

— Pourquoi ? dit Jules. Harold était parfait pour ce soir.

Ils entrèrent dans une brasserie, burent de la bière fraîche, allumèrent de longs Virginias, et reprirent, jusque tard dans la nuit, et sans y mêler Kathe, leur conversation de célibataires.

Le lendemain, à midi, Jim était encore au lit, dans sa jolie petite chambre d'hôtel. Il avait fait des plans pour les mois à venir et pensé des lettres.

Le garçon vint le prévenir qu'on le demandait au téléphone. Jules sans doute. Il courut à la cabine au bout du corridor.

— Jim ! Jim ! Jim !

La voix de Kathe, sa voix chaude d'autrefois, sa voix de lionne gémissante.

— Jim... quelle nuit j'ai passée ! Plaisante par le cadre, mais me montrant que je n'avais rien à faire là ! Que cette vie, que cet esprit étaient morts pour moi...

C'était un désert. Jim — à en mourir, Jim. Je parlais de toi, je te cherchais, Jim. — C'est bien toi ? Tu m'écoutes ?

— Oui.

— Alors viens vite.

Et Kathe raccrocha.

Jim hésita.

Il la trouva dans son salon, rayonnante. Bafouement concerté de la veille, qu'importait ! Elle avait retrouvé la certitude et son amour intact. Cette nuit avait été une révélation. Son amour pour Jim avait monté comme un astre, purifiant tout. Elle la conta en détails, même des choses capables d'éloigner Jim, avec génie, comme elle savait conter.

Jim l'écoutait avec le souvenir de leurs douleurs du dernier hiver. Il avait jeté bien des pelletées de terre sur cet amour. Il la laissait parler... Elle dit incidemment :

— Des enfants ? Nous en aurons autant que nous voudrons maintenant. Nous avons toute la vie.

Cela rompit en Jim les dernières digues. Elle ne lui demandait pas son avis, elle l'emportait. Comme une nappe de naphte qui s'allume d'un coup, ils furent embrasés.

— Et Jules ? demanda enfin Jim.

— Il nous aime tous les deux. Il ne sera pas surpris. Et il souffrira moins ainsi. Il a été aussi malheureux que nous cet hiver. Nous l'aimerons et nous le respecterons... à notre façon.

On frappa à la porte. La voix de Jules disait :

— Les enfants t'attendent pour le déjeuner.

— Entre, Jules ! cria Kathe.

Jules entra, ils se tenaient les mains.

— Regarde-nous, Jules, dit Kathe, pour l'associer à eux.

Les sourcils de Jules se levèrent, non sans sévérité. Il ne parut pas étonné.

— Jules, Jim déjeune avec nous, dit Kathe.

— Bon, venez vite, dit Jules.

Les fillettes et Mathilde, gagnées par la joie de leur mère, firent fête à Jim.

Ils épargnèrent le domicile de Jules, mais Kathe vint souvent, Jules le sachant, chez Jim jusqu'à minuit. C'était dur pour eux de se séparer à cette heure.

Jules dit à Kathe :

— Je n'aime pas que l'on dise que je suis un saint. Un saint, on peut le charger comme un âne. Non, je ne suis pas un saint ! Mais que puis-je faire d'autre ?

Kathe et Jim éclataient dans leur contrainte volontaire. C'était septembre. Kathe dit à Jim :

— Nous partons.

— Pour où ?

— Pour le pays d'Hamlet.

Ils sautèrent dans le prochain express. Debout dans le corridor, ils aimaient la contrée plate qu'ils traversaient, et ils fumaient. C'était défendu par une plaque émaillée. Le contrôleur passa et leur fit payer une amende, contre un reçu d'un carnet à souches. La dévaluation faisait rage et l'amende était devenue légère. Ils continuèrent à fumer, ainsi que d'autres voyageurs dans le corridor. De temps en temps le contrôleur passait et reprélevait l'amende. C'était devenu un jeu pour les fumeurs. Il dit avec un sourire tranquille :

— A partir de lundi prochain, il y aura un nouveau tarif d'amende et de nouveaux carnets à souches.

Jim admira cet homme.

Ils atteignirent la jointure du Danemark, et ils descendirent dans une petite station balnéaire, dispersée parmi les dunes, dans la belle arrière-saison. Malgré les restrictions édictées l'hôtel leur servait des ragoûts dont ils ne pouvaient venir à bout.

La mer du Nord se retirait très loin et laissait un désert de sable raviné, pareil à d'énormes circonvolutions cérébrales, avec, entre les plateaux bombés, des canaux assez profonds. A la marée montante ils se remplissaient de courants rapides et l'eau vous encerclait par-derrière. Kathe souhaitait cet encerclement, pour le plaisir, et pour la joie d'aider Jim, pauvre nageur, à côté d'elle.

Elle plongeait nue dans l'eau froide, même après un grand repas, et affirmait à Jim :

— Je n'ai encore jamais eu de congestion.

Ils trouvèrent un matin un banc de sable étroit, lisse, dur, long de plusieurs kilomètres. On apercevait au bout une petite structure en bois. Ils voulurent voir ce que c'était et marchèrent jusque-là : une cabane de pêche, vide, avec des réflecteurs, juchée sur de hauts pilotis. Devant elle, étendu sur le dos, un oiseau de mer, grand comme la paume de la main, brillant comme un colibri, mort. Il avait dû heurter le réflecteur. « Que ce ne soit pas un présage ! » pensa Jim.

Ils rentrèrent de justesse avant la marée.

Jim fit des photos de Kathe nue sur ces bancs de sable où jamais ils ne rencontrèrent personne. Parmi elles, une qu'il trouva la plus belle qu'il eût jamais vue. Ils furent un moment à court d'argent et ils songèrent à l'envoyer à un concours Kodak. Mais, bien que de dos, on aurait peut-être pu reconnaître Kathe, dans les vitrines de publicité. Ils s'abstinrent.

Dix jours passèrent entre l'azur du ciel et le jaune du sable. Ils dominaient les menus incidents qui jadis eussent pu devenir des malentendus.

Lors de leur retour, dans le train bondé, Kathe laissa prendre par inattention la place de Jim à côté d'elle, et Jim dut rester loin d'elle, des heures, debout dans le corridor. Fut-elle désappointée qu'il n'ait pas lui-même hautement protesté ? Jim avait été surpris qu'elle ait laissé un homme s'asseoir à sa place, il crut la première minute qu'il s'agissait d'un blessé de guerre. Ensuite il fut trop tard pour réclamer.

Ils retrouvèrent la famille dans son grand appartement. Kathe, les fillettes, Mathilde le firent solennellement visiter à Jim : ensoleillé, donnant sur un bois et sur une grande clairière. C'est Kathe qui l'avait, à temps, saisi au vol. Ils en firent à Jim l'historique.

Au début la vaste pièce carrée du coin fut la chambre à coucher de Kathe et de Jules. La suivante, carrée aussi, le bureau de Jules. Puis venaient un salon, la salle à manger, les autres chambres sur le devant.

Kathe avait donné des réceptions grandissantes à ses amis, que Jules trouva trop fréquentes pour son travail. Il avait reculé son bureau de pièce en pièce, vers les plus petites. Puis ils firent chambre à part.

Jules, épris d'isolement et traqué par les activités de Kathe, choisit alors la seule chambre qui donnât sur la cour, et déclara qu'elle lui servirait aussi de bureau. Il fit mettre des rayons tout autour jusqu'au plafond et il y accumula ses livres. Là il était moine, et tellement tranquille, quand Kathe ne l'appelait pas. Il aimait qu'elle vînt le voir dans sa chambre, mais pas qu'elle lui fît rencontrer des gens. Ils avaient sous-loué cet appartement pendant les deux ans passés au Chalet et l'avaient retrouvé l'automne précédent.

Jules était mêlé davantage à la vie de Kathe depuis que Jim en faisait partie.

Jim faisait de longues visites à Jules dans sa chambre retirée, écoutait des fragments de ses nouveaux livres et l'aidait pour ses traductions. Kathe acceptait leur travail.

Que faisait-elle pendant ce temps ? Elle peignait sur de grands rideaux blancs, d'une façon symbolique, assez cubiste, toute son histoire avec Jim. A part certains détails réalistes, un œil non averti n'y distinguait rien. Mais quand Kathe, armée d'une longue baguette, eût expliqué à Jim tout ce pieux itinéraire, il put le reconstituer à volonté et s'en émerveiller à loisir.

Kathe et Jules avaient repris Jim dans leur foyer et il ne demeurait plus à l'hôtel.

Kathe avait deux amies, encore à la campagne, qu'elle voulait faire rencontrer à Jim. Kathe parlait souvent d'elles, en les exagérant, disait Jules.

Elles étaient fort différentes. L'une gagnait des prix aux concours hippiques, l'autre était une infirmière sociale. Toutes deux étaient célibataires. Kathe se complaisait à imaginer Jim amoureux de l'une ou de l'autre, ce qu'il leur dirait et ce qu'elles répondraient. Cela devint un jeu à table, avec Jules et les enfants. Peu à peu cela prit une certaine réalité pour Kathe. Elle mariait généreusement Jim tour à tour avec l'une ou avec l'autre de ses amies. Jim riait et se sentait à Kathe.

Kathe monta en compagnie de Jim l'escalier menant chez l'amazone. Le cœur battant, elle s'arrêta sur le palier avant de sonner, disant :

— Dans dix secondes tu en aimeras une autre.

Et elle l'embrassa.

L'amazone était racée, avec du cran. Elle leur offrit des cocktails. Ils bavardèrent. Tout ce qui n'était pas cheval ne comptait guère pour elle. Ils l'accompagnèrent dans une cour de caserne où elle sauta, sur une jument nerveuse, des madriers de plus en plus élevés. Beau spectacle, mais qui n'émut pas Jim, tandis qu'elle n'accordait aucune attention à cet homme qui ne montait pas. On en resta là.

— Alors, affirma Kathe, ce sera Angélique.

Dès le retour de celle-ci, elle mena Jim la voir. Un intérieur impeccable et gai. C'était une fille de tête et de cœur, éprise de son travail. Jim, malgré les efforts de Kathe pour le mettre en valeur, parut ne faire aucune impression sur elle.

— Elle est très réservée, et cela peut venir : il faut du temps, dit Kathe après la visite. Et toi, Jim, que penses-tu d'elle ?

— Elle est dans son genre parfaite, dit Jim. Si nous étions dans une île déserte, elle et moi, peut-être pourrions-nous nous remarquer et finir par fonder un foyer.

Kathe était à la fois soulagée et déçue. Jules suivit toute cette histoire avec plus de sérieux que Jim, il y rattachait ses dieux hindous.

Jules semblait souvent assez heureux. Ils le sentaient comme un Bouddha qui les connaissait mieux qu'eux-mêmes. Il disait comme Laetitia, la mère de Napoléon : « Pourvu que cela dure ! »

Jules savait jouer avec Kathe bien mieux que Jim les jeux où l'on fait semblant. Ils chantaient et mimaient avec les enfants des chansons populaires allemandes et françaises. Leur : *Brave Marin revint de guerre... tout doux...* émouvait Jim, quand la Belle Hôtesse baissait la tête devant le Brave Marin qui lui disait :

... Vous aviez de lui trois enfants
Vous en avez quatre à présent...

Kathe inventa un jeu : *l'Idiot du village.* Le village, c'était toute la table. L'idiot, c'était Jim. Le jeu consistait à parler à l'idiot en ayant peur de lui, sans le lui laisser voir, et sans le contrarier, tout en faisant comprendre aux autres à quel point on le trouvait idiot. Kathe surtout déchaînait les fous rires. Celui de Jim se rallumait après des heures. Il se sentait vraiment l'idiot du village.

Kathe entra dans la salle à manger avec Lisbeth et Martine. Elle sifflait, aigu comme un fifre, une vive marche militaire de Frédéric le Grand.

Elles défilèrent autour de la table comme un petit régiment. Kathe raconta sur lui d'étonnantes anecdotes.

Elle avait sur son bureau une poignante reproduction du masque mortuaire de Frédéric, grand idéaliste inassouvi. Son ossature ressemblait à celle du visage de Kathe.

Elle lui demandait conseil avant de décider ses expéditions punitives.

Elle aurait voulu que lui et Napoléon se fussent battus ensemble, pour la beauté du match.

III

TALIONS. VENISE

Jim faisait de longs séjours à Paris, c'était accepté par Kathe. Il publiait des enquêtes sur le théâtre, qui le ramenaient en Europe centrale. Il passait avec Kathe et Jules des quinzaines qui l'enchantaient pour des mois.

Une année s'écoula, heureuse, presque sans histoire. Kathe et Jim bénéficiaient des coups de hache qu'ils s'étaient jadis portés, ils évitaient leurs excès. Ils se laissaient aller plus doucement à la grande force qui les mouvait. Ils étaient purs, à leur façon, et soumis. Ils se méfiaient de l'intellect. Ils s'associaient le plus possible à Jules, qui avait son travail de Bénédictin.

Ils se croyaient à l'abri d'eux-mêmes. Pourtant, comme un coup de gong, une rechute arriva.

Un jour vint les voir de Paris le fils d'une femme qui avait joué jadis un rôle important dans la vie de Jim et qui était au courant de leur amour. Par discrétion envers Jules, leur hôte, remarié avec Kathe, Jim ne montra pas à cet ami son intimité avec Kathe. Elle tira à l'instant sa conclusion : « Si Jim veut cacher notre amour au fils de cette femme, c'est qu'elle est encore sa maîtresse à Paris, malgré tout ce qu'il raconte. »

Pâle, elle se leva, regarda Jim, eut son sourire *irréparable,* et sortit.

— Pauvre Kathe ! dit Jules.

Jim avait senti revenir l'enfer. Il ne voulait plus. Il s'étendit sur leur lit, les bras en croix, yeux fermés. Il pensa au bloc qu'ils étaient encore tout à l'heure. Une heure passa.

Il ne vit pas Kathe rentrer, le regarder, n'entendit point son pas sur le tapis.

— Assez, Jim, dit Kathe doucement. J'ai cru que tu me trompais. Je t'ai trompé. C'est fini.

— Quoi est fini ? dit Jim.

— Notre malheur, ton mal qui me guérit.

— Qu'as-tu fait ? dit Jim.

Elle raconta. Un homme qu'il ne connaissait pas. Un peintre qui avait fait jadis la cour à Kathe, qu'elle avait sous la main. Il lui avait rendu ce service, d'une façon limitée, et sans conséquences possibles, mais suffisante pour faire contrepoids et pour rétablir l'équilibre.

— L'équilibre avec quoi, dit Jim, puisqu'il n'y avait rien ?

— L'équilibre avec ce que je croyais, dit Kathe. Et maintenant je ne le crois plus. Et sans cela je l'aurais toujours cru.

— Et mon équilibre à moi ? gémit Jim.

— Jim, tes larmes !

Et Kathe, radieuse, but aux yeux de Jim, qui apprit ainsi qu'ils étaient mouillés. Il vit une bête irresponsable qui humait sa boisson naturelle. Elle se mouvait avec délices dans le rouge de son cœur. Il était sans espoir, épuisé.

Kathe le tint toute la nuit comme un enfant malade. Il s'endormit dans ses bras.

Ce n'est que le lendemain qu'ils se retrouvèrent.

Jim gardait pourtant un dur souvenir de cette nouvelle blessure. Le mois suivant il fut à Paris. Ils s'écrivaient des lettres comme ils parlaient.

Il y eut un silence de la part de Kathe, puis une lettre de Jules qui semblait gênée. Enfin une lettre un peu bizarre de Kathe qui parlait d'un balcon où l'on pouvait grimper, d'une terrasse garnie de fleurs, tout cela autour de quelque chose dont elle ne disait rien. Cette lettre, bien pesée, parut à Jim aussi concluante que la fameuse page du carnet de Kathe où elle avait mentionné les mains de Harold : elle disait sans dire, comme elle savait si bien, prête à affirmer : « Je t'ai tout raconté, mais tu n'as pas compris. »

Jim décida d'agir aussitôt, à la Kathe. Il alla trouver une artiste avec laquelle il avait flirté dix années avant (comme Kathe), une femme émancipée, jolie. Il n'y eut rien de sentimental entre elle et lui mais une fantaisie et une curiosité satisfaites. Il but sa vengeance à petits traits. Comme c'était facile de s'y laisser aller. Il passa toute la nuit avec *l'autre.* Il ne lui cacha pas qu'il était amoureux ailleurs, ni elle non plus. Oui, ce que disait Kathe était vrai : que l'on fît beaucoup, ou peu, cela n'importait guère, pourvu qu'on le fît *contre son amour.*

Il essaya d'imaginer les heures que Kathe avait passées avec Albert, avec Harold, avec son dernier coup de tête. Peut-être Jim n'était-il infidèle que pour mieux comprendre ? Pourtant cela *ressemblait* à leur amour, et c'était une drogue brutale à ne pas répéter. En somme Jim ne valait pas mieux que Kathe, et cela le rapprochait d'elle.

Il écrivit aussitôt à Kathe ce qu'il avait fait, et attendit impatiemment sa réponse. Elle vint par retour du courrier :

« Quelle folie ! disait-elle. Nous en reparlerons ! Arrête-la tout de suite : il n'y a rien eu sur la terrasse que tes imaginations. Viens. »

Un mot de Jules, séparé, confirmait : « Non, il n'y a rien eu. »

Relisant les dernières lettres de Kathe, Jim ne les trouva plus si inquiétantes. Il courut à elle, c'était lui le coupable cette fois. Il la trouva navrée de ce qu'il avait fait, mais elle le comprenait, et elle lui témoigna indirectement une certaine estime professionnelle.

Sans doute ne se vengerait-elle plus aini, à moins de certitude ? Mais l'imagination n'en est-elle pas une ? — Ou bien elle ne le mettrait plus au courant ?

Une fois de plus ils repartirent à zéro — et ils planèrent de nouveau très haut, comme de grands oiseaux rapaces.

Ils étaient toujours timides en se retrouvant. Chacun craignait-il de n'offrir qu'une répétition à l'autre ? De même qu'il n'y a jamais deux levers de soleil nuageux qui se ressemblent, de même ils ne s'étaient jamais retrouvés pareils.

Une autre année s'écoula, avec des visites de Jim. Ils purent enfin réaliser un vieux projet. Ils allèrent passer quinze jours au bord du lac de Lugano, dans une mignonne pension que Jim avait remarquée vingt ans auparavant, lors d'un voyage avec sa mère. Après un hiver rude ils trouvaient là le printemps, après des privations, l'abondance. Cette lumière, ce climat italien furent une révélation pour Kathe.

Joie des grands plateaux chargés de chocolat, de beurre, de confitures, apportés par la servante suisse, dans leur lit, après qu'elle eut tiré les grands rideaux qui laissaient entrer le soleil.

Jim regardait Kathe plonger de leur barque et nager comme une ondine. Ils s'amusaient à casser à coups de cailloux les bouteilles vides flottant sur l'eau.

Ils n'avaient rien à faire qu'eux-mêmes.

Une nuit Kathe se cacha dans un buisson et sauta à l'improviste de tout son poids au cou de Jim qui faillit s'évanouir. Ils se rendirent compte que le cœur de Jim n'était pas à toute épreuve.

Ils firent la longue ascension d'un mont voisin. A la descente Jim ressentit une vive douleur dans son genou, jadis blessé. Kathe, enchantée, lui prêta son épaule pour s'appuyer.

Ils ramèrent jusqu'à la rive italienne. Au retour un orage déborda la crête des montagnes et fut vite sur eux. La pluie les aveuglait, des vagues courtes les secouaient et embarquaient. La foudre claquait sec. Ils ramaient à quatre rames et se hâtaient vers le rivage qui était encore à un quart d'heure. Leurs rames se heurtèrent une fois.

— Assieds-toi à l'arrrière, Jim, dit Kathe, écope l'eau et laisse-moi faire.

Jim ramait bien, mais Kathe encore mieux. Il obéit. Il voyait maintenant une Kathe dans sa chemisette de soie blanche, ruisselante, collée à sa peau, toute à son affaire, souquant comme un marin. Ses yeux pétillaient. Elle souhaitait que la barque chavirât, pour corser l'affaire et pour pouvoir sauver Jim — ou pour se noyer ensemble.

Elle les mena à bon port.

Ils allèrent au Casino, jouèrent à la roulette, séparément, chacun avec la même somme. Ils s'amusèrent à imaginer que chacun de leurs francs suisses en était cent. Jim regardait Kathe jouer, sérieuse, immobile, soudain inspirée pour un numéro. Elle inhalait le jeu comme la fumée de ses cigarettes. Elle gagna, gagna, joua plus gros et perdit tout.

— Cela valait la peine ! dit-elle. Et qu'importe si l'on gagne ou si l'on perd ! Où en es-tu, toi, Jim ?

— En léger gain pour le moment.

— Allons vite le boire !

Ils s'installèrent à la terrasse d'un café, burent une liqueur, contre leur habitude, et fumèrent de vraies cigarettes anglaises. Ils voyaient la grande place de la ville, animée par des chars à bœufs, et par un marché paysan.

Ils évoquèrent la première descente que Jules, alors étudiant, avait faite vers le Sud, et qu'il racontait si bien : son passage, à vélo, par la pluie, avec un sac à dos sous son capuchon, qui lui faisait une bosse, devant une bande de jeunes ouvrières sortant d'une usine. Elles se précipitèrent vers lui, l'arrêtèrent et l'entourèrent, pour toucher sa bosse, ce qui *porte bonheur.* L'une d'elles était restée dans sa mémoire, et il regretta de ne pas s'être arrêté, pour elle, dans cette ville. Comme il avait dû être drôle et gentil à cet instant, leur Jules.

Ils se promirent de faire un vrai voyage en Italie. Cela les consola de leur quinzaine finissante.

Quelques mois plus tard ils se retrouvèrent à Venise.

Ils entrèrent dans une grande église où une troupe d'enfants de chœur vêtus de couleurs vives chantait à tue-tête les litanies des Saints. Il y en avait toute une ribambelle dont Kathe et Jim ne connaissaient pas les noms. Et de temps en temps le chœur reprenait : « E tutti i Santi del Paradiso », avec une articulation rappelant à Jim la première phrase italienne qu'il avait entendue avec Jules, en débarquant à Naples, en route vers Athènes, dans la bouche d'un petit enfant : « O già mangiato la farinata. » (J'ai déjà mangé ma bouillie.) Ce chant de paradis fut le seuil de leurs grandes vacances.

Venise leur fut l'inépuisable cadre pour amoureux que l'on sait, un jouet plein de sa noblesse d'hier et de son suc d'aujourd'hui. Ils avaient un excellent « letto matrimoniale » (lit à deux) avec une ample moustiquaire. Ils croquaient de petites pieuvres au vinaigre, grosses comme des prunes, au coin des ponts. Le théâtre populaire et la joie incroyable de son public devant les plaisanteries les plus crues les ravirent. Ils traînaient sur les canaux, au hasard, à la chasse aux découvertes.

Au bout d'une dizaine de jours ils eurent besoin de voir Venise avec du recul, ils prirent le petit vapeur sur le quai des Esclavons et explorèrent la lagune lisse, à petite vitesse. L'horizontalité du paysage les exaltait. Ils virent Chioggia, une ville avec des bébés gourmés, dans les bras de leurs mères, les yeux couverts de mouches qu'elles ne chassaient point... et les yeux des filles et des garçons de cette ville étaient spécialement beaux.

Ils se fixèrent dans l'auberge d'un petit port de pêcheurs, à une heure de marche du Lido, où ils allaient à pied. La grande chambre blanche à deux lits était propre. Ils vivaient de spaghetti et de tomates comme les pêcheurs.

Au Lido, on leur prêta une tente, parmi des familles vénitiennes à nombreux enfants, le sable brûlait la plante des pieds, ils prenaient trois bains par jour. Kathe améliorait un peu les plongeons de Jim.

Ils fréquentèrent la plage où les nageurs et les nageuses adultes, gisant sur le sable, se brunissaient au soleil et n'avaient rien d'autre à faire sur terre. Certains atteignaient une couleur chocolat, remarquable surtout chez les blondes. Des gaillards bronzés travaillaient des tours d'acrobates. Quelle différence avec la nudité balnéaire du Nord. L'exhibitionnisme et le sex-appeal étaient plus directs, la tenue plus lâchée. C'était un milieu de bars et de viveurs, où Kathe, blonde et bronzée elle aussi, se serait taillé un succès, si elle l'avait voulu.

D'ailleurs, sans le vouloir, elle s'en taillait un. Ses

épaules de nageuse, ses fines attaches, ses mouvements précis, son style de plongeon, l'ampleur de ses randonnées au large, tout cela attirait l'attention. Seule, une femme brune, puissante, reine de la plage, eût pu la battre sur les courtes distances. On parlait de faire des concours, mais Kathe se tenait à l'écart.

Peu à peu Jim se sentit considéré comme un gêneur, détenant Kathe, un trésor immérité, puisqu'il n'était ni nageur, ni viveur. Ses qualités de boxeur et de lanceur n'étaient pas visibles là. Il était un prince consort. Ces hommes étaient plus beaux, plus gais que lui et que Jules : ne méritaient-ils pas Kathe plus qu'eux ? S'il s'absentait un moment il surprenait des complots pour entrer en rapport avec elle.

Un après-midi Kathe prit la mer, et il fut clair après quelque temps qu'elle se dirigeait vers un des bancs de sable les plus éloignés. Un géant aux cheveux noirs et brillants se leva, se jeta à l'eau et nagea dans son sillage. Il fut pour Jim le nègre du ballet de Schéhérazade. Les regards se portèrent sur eux. Kathe ne se savait pas suivie. Il gagnait sur elle. Ils finirent par s'effacer dans la distance, même pour la jumelle marine de Jim. Après un long temps il les aperçut, minuscules, sortir ensemble de l'eau et s'asseoir sur le banc de sable. Jim craignit le pire. Ils durent causer. L'homme se leva et sembla faire des démonstrations. Il reprit le premier la mer.

Il atterrit. Il fut entouré, questionné. Il avait de grands yeux noirs, une bouche rouge. Il fit aux autres un léger signe de tête du côté de Jim, se roula dans le sable pour se sécher, et les emmena au bar.

Dans sa lorgnette Jim voyait Kathe se rapprocher,

régulière, les yeux un peu cernés. Il l'accueillit au bord de l'eau, lui tendit son peignoir.

Elle raconta :

— Aux trois quarts du chemin j'eus la surprise d'entendre une voix derrière moi et de le voir arriver à ma hauteur. Il plaisanta et essaya de me saisir en nageant, pour m'aider, disait-il. Je refusai tranquillement. Il me ceintura quand même. Le peu que je sais de jiu-jitsu me servit et je me dégageai sans me fâcher. En atterrissant sur le banc j'avais des craintes : je n'aurais probablement pas pesé lourd entre ses mains et il semblait décidé. Pourtant il lui aurait fallu, pour réussir, une terreur totale ou un consentement. Je lui témoignai une confiance camarade, distante et je critiquai son style de nage. Il entra alors, debout, dans des démonstrations de brasse qui mettaient en vue son émoi. Je feignis de ne rien remarquer, et je soutins la nage de mon pays. Et puis... je l'ai échappée belle.

Jim déplora son incapacité de la suivre. Il demanda :

— N'as-tu pas eu la curiosité de ce grand garçon dans ce beau décor ?

— Si, dit-elle. Autant que tu aurais eu toi-même celle de la belle nageuse brune, si elle s'était offerte à toi dans les mêmes circonstances... mais pas plus.

— Mais elle n'aurait eu aucune raison de s'offrir à moi, dit Jim.

— Tu n'en sais rien, c'est son affaire et non la tienne. Vois-tu, Jim, l'eau c'est mon domaine. Toi tu en as un autre.

Et comme elle le voyait soucieux :

— Il m'eût tentée jadis peut-être... Mais tout cela c'est de la belle viande, ce n'est pas ce que je cherche.

Elle ajouta :

— Nous avons assez vu ce coin des nageurs. J'irai me baigner ailleurs.

Et pourtant Kathe aurait probablement gagné la course pour femmes, d'une île à l'autre et retour, qui venait d'être affichée et elle se serait amusée. Jim la privait d'un grand plaisir.

Ils retournaient parfois passer une journée à Venise, n'eût-ce été que pour les douces traversées de la lagune, avec le tic-tac du *vaporetto*.

Kathe mangea, place Saint-Marc, une glace à un parfum qui ne lui convenait pas. Elle fut prise en ville d'un violent mal au cœur. Elle dut entrer dans un café, puis dans un hôtel et même chez des particuliers, pour y être malade à son aise. Sa tête tournait, son front perlait. Par moments Jim soutenait tout son poids, qu'il trouvait léger ce jour-là. Même cela : être malade, elle le faisait à fond. Il la mena jusqu'au petit vapeur, et là, sur le pont, elle fut encore malade, et elle disait, dans les bras de Jim : « Tu vois, tu peux bien m'aider, et tu le fais si gentiment, Jim, tu partages vraiment mon mal au cœur. »

Dans la grande chambre, pendant la dure chaleur, qui rend nu, ils n'avaient qu'à parler et à s'aimer. Peut-être parlèrent-ils trop. Peut-être s'aimèrent-ils trop. Peut-être ne pouvaient-ils jamais résister à une grande étendue de bonheur. Peut-être la chaleur torride commençait-elle à les anémier. Une inquiétude s'élevait en eux que ni la splendeur du paysage marin, ni leurs fêtes à Venise n'apaisaient. Kathe mentionna une fois Gilberte.

Un soir ils allèrent se coucher sur l'herbe, au ras de la jetée du port, tout près des barques étroites dans le fond desquelles les pêcheurs tranquilles allumaient de petits feux de bois et cuisaient leurs spaghetti. Le couchant s'éteignit, les étoiles parurent.

— Jim, si tu voulais, dit Kathe rompant leur silence, nous irions retrouver Jules et les enfants. Et nous irions tous ensemble à la mer Baltique. Je ne suis pas chez moi ici, j'ai besoin de mon Nord. J'aime ma Prusse et tu commences à l'aimer. Tu sais que j'aime la France sans marchander. Dans ces deux pays nous sommes plus chez nous.

— Bien sûr, dit Jim. Demain si tu veux, Kathe.

Ils remontèrent vers le Nord avec la même joie qu'ils avaient eue à descendre vers le Sud. Dans le train Kathe dessina des caricatures de Jim, avec des légendes qui lui donnèrent un fou rire. Elle le connaissait bien, son Jim.

Au premier buffet où ils s'arrêtèrent, dans la patrie de Kathe, ils virent à quel prix étonnant était montée la tasse de thé. La dévaluation faisait rage. Un très vieux garçon de café, soudain incapable de calculer les additions, se mit à pleurer, puis à proférer des menaces, dans une fureur croissante. Il était fou, on l'emmena.

Cette même dévaluation leur permit de prendre un wagon-lit, pour la première fois ensemble, et de rejoindre Jules et les enfants plus vite.

IV

L'ILE DANS LA BALTIQUE

Ils les trouvèrent dans le grand appartement. Les vacances étaient presque finies, mais puisque Maman était rentrée ils allaient en prendre d'autres.

— Tu vois bien que j'avais raison, disait Lisbeth, elle est revenue !

— Oui, disait Martine, citant sa mère : mais on n'a jamais raison qu'un tout petit instant.

Tous, sauf Jules retenu par son travail, partirent pour une île de la Baltique où ils s'installèrent dans un village de pêcheurs. La lumière était bien tout ce que Kathe en avait dit et Jim comprenait qu'elle en eût la nostalgie. Les pêcheurs, bien différents de ceux de Venise, étaient aussi plaisants. Ils avaient des yeux d'un bleu cru violent.

Kathe eut un document à renouveler. Elle alla, avec Jim, à la mairie. On lui refit un signalement tout neuf.

— Visage... *ovale,* dicta l'employé qui la dévisageait. Cheveux... *blonds.* Yeux... — il hésita un moment et déclara : ...*gris.*

Ils étaient dans un pays où les yeux proverbialement bleus de Kathe passaient, en comparaison, pour gris ! Elle songea à protester mais y renonça.

Ils eurent des journées avec Lisbeth et Martine, nus, dans les dunes. Ils vivaient de poissons frais et fumés. Ils jouèrent sur un vieux tennis. Kathe se défendait comme un diable. Jim aimait avoir sa vaillance acharnée en face de lui. Il finissait par gagner, puis il la portait en triomphe. Au ping-pong c'est elle qui le battait.

Ils firent des traversées nocturnes dans une lourde barque à voiles que manœuvrait Kathe. Elle apprit à Jim à barrer, et à louvoyer en se guidant sur les étoiles. Le vieux matelot fumait sa pipe sans avoir à intervenir jusqu'au môle. L'île était étroite et l'eau était proche de tous les côtés. Cette vie leur plut tellement qu'ils eurent envie d'avoir une maison là.

Kathe acheta un terrain plein de sapins. Jim reçut une somme qu'il n'attendait pas si tôt. Ils commencèrent à faire tous ensemble le plan de la maison.

Elle serait mince, pour être tout entière exposée au soleil, et haute pour dominer les sapins, chacun y aurait sa chambre, petite et agencée comme une cabine, celle de Kathe-Jim serait double, ainsi que la salle commune. Pas de baignoire, des douches. Jules demeurerait en bas.

Un architecte d'avant-garde fut intéressé par les problèmes précis que lui soumettait Kathe pour l'aménagement des moindres coins et lui envoya des croquis. Toute la maison serait comme un navire. Kathe convoqua le maçon et le charpentier qui semblèrent comprendre.

A ce moment Jim fut appelé par câble de New York à un rendez-vous à Paris. Il dut partir.

Kathe renvoya sa famille, resta seule sur place pour

diriger la construction. La neige tomba, mais à Noël elle put fêter avec les ouvriers l'achèvement du gros œuvre. Il n'y avait plus qu'à attendre le printemps pour la finir.

Cela n'avait pas été aisé et Jim reçut le récit de maintes péripéties.

C'est un couple d'Américains, Jack et Micheline, qui avait appelé Jim à Paris pour travailler avec eux à leur remarquable collection de manuscrits modernes.

Jack était, après Jules, l'ami dont Jim estimait le plus le caractère. Jack était un chef jusqu'au bout des ongles, épris de justice, et tranchant contre lui-même quand il avait un doute.

Jack et Jim faisaient équipe ensemble, pour un ou deux mois, partageant leur temps entre la chasse aux pièces rares et le jeu de golf, ils ne se quittaient pas de la journée. Jack avait dix ans de plus que Jim.

Micheline était jeune, d'une beauté frappante, très amoureuse de son mari, dont elle protégeait la santé, fragile malgré les apparences.

Jim découvrit peu à peu qu'un contact complet était pour eux un événement peu fréquent et lourd de conséquences pour les forces de Jack, et même pour son humeur envers sa compagne.

Ils vivaient dans un perpétuel supplice de Tantale et ils cherchaient à s'en distraire par leur collection. Ils désiraient la présence presque constante de Jim. Ils le traitaient comme un frère.

Ainsi ces deux-là s'aimaient et ne pouvaient s'unir quand ils en avaient envie. Ils n'avaient pas ce doux orage infiniment varié. Jim leur avait ménagé, au début, des tête-à-tête et des occasions, tels les deux compartiments de wagon-lit réunis, sans qu'ils l'eussent demandé. Puis, quand il en vit les effets, il les aida contre eux-mêmes, partageant même la chambre de Jack, en voyage, certains soirs où ils avaient à parler de la collection.

Ses amis l'emmenaient où ?... à *Venise.*

Venise à l'arrière-saison, Venise aux jours courts, Venise vide de Kathe... ce fut douloureux pour Jim.

Jack lui dit :

— Et si vous avez une amie charmante, invitez-la à venir avec nous : on est mieux quatre que trois.

— Sûrement, ajouta Micheline avec un sourire complice.

Un télégramme pour Kathe venait au bout des doigts de Jim, mais il eut la vision de leur joie, qui faisait parfois se retourner les gens, blessant le bonheur plus ténu de Jack et de Micheline, et il s'abstint.

Ils demeuraient à Venise dans l'hôtel si exclusif que Kathe et lui n'avaient pas pu venir y prendre le café. Quel effet eût produit Kathe dans cette salle à manger pleine d'Anglo-Saxonnes décolletées ? Il l'y voyait en surimpression. Ses épaules, avec celles de Micheline, étaient les plus belles. Elle égalait la tenue impeccable de Micheline et néanmoins, d'une façon quelconque, forçait l'attention.

Jim songea à appeler Jules, qui eût aussi plu à ses amis. Mais Jules n'aurait pas été heureux dans cette atmosphère de luxe et d'activité.

Venise, comme le wagon-lit, rapprocha trop Jack et Micheline, avec l'angoissante dépression qui en résultait pour Jack et, par contre-coup, pour Micheline. Jim le vit clairement, et il comprit aussi que, toutes proportions gardées, il était dans le même cas que Jack, et peut-être que tous les hommes : ils sont des pailles dans le feu ardent de la beauté de leurs femmes. Lui, Jim, ne pouvait pas vivre des mois dans le contact direct de Kathe, cela amenait en lui un épuisement et une rétraction involontaire qui causaient leurs catastrophes : ils étaient plus heureux en se voyant à intervalles. Une heure d'abandon pour Jack et Micheline était déjà leur trop.

Jim était là, avec deux êtres s'adorant, et plus différents entre eux que Kathe et lui. A les regarder Jim s'instruisait sur Kathe et sur lui-même.

Ils flânèrent en auto, descendant l'Italie jusqu'à Rome, acquérant quelques précieux manuscrits. Le Panthéon, avec son trou céleste, et la Villa où les eaux ruissellent incroyablement leur plurent et Micheline y fut particulièrement douce envers Jack.

Ils rentrèrent à Paris. Jim voulait montrer Jack à Kathe, et Kathe à Jack. Il se renseigna sur les collections allemandes et trouva matière pour un bref voyage à Berlin. Micheline posait pour un portrait et resta à Paris.

Jim fit rencontrer Kathe et Jack à un déjeuner dans un décor tranquille. Le succès fut net. Kathe et Jack se prêtèrent la plus grande attention et ne s'interrompirent pas l'un l'autre (ce qui était remarquable pour les deux). Ils discutèrent ferme sur tout mais en jouant. Et quand ils tombaient d'accord sur un point ils en riaient d'étonnement. Quant à leur tactique dans la vie, ils avaient la même : s'il peut y avoir bataille, il faut frapper le premier, à l'improviste, et à fond. Il faut être plus généreux que le généreux, il faut fustiger le médiocre et écraser les canailles. Chacun, poussé par l'autre, cita des exemples. Jim était amusé et se demandait pour quelles raisons ces deux-là lui accordaient leur amitié. Etait-il de la tribu des pirates, comme eux ? Ou bien était-il un badaud si bénévole qu'il trouvait grâce ?

Kathe les emmena dans son salon. Sur sa table, une édition de luxe d'un auteur contemporain. Jack ouvrit ce livre et sur les pages de garde écrivit au galop de sa grande écriture pourquoi il le trouvait mauvais et signa. Autographe, à coup sûr, et acte amical. Il dit à Kathe :

— J'ai écrit sur votre livre...

— Il n'est pas à moi, dit Kathe, on me l'a prêté.

Jack éclata de rire :

— Elle est bien bonne... et pourquoi ne m'avez-vous pas arrêté ?

— Parce que vous étiez lancé...

Kathe dit à Jim :

— Jack aurait fait impression sur moi si je l'avais rencontré dans ma jeunesse.

Jack lui dit l'équivalent.

« Pourquoi cela me fait-il tant plaisir ? » se dit Jim.

Au moment où leur train partait Kathe donna à chacun par la portière une des deux orchidées qu'elle tenait à la main. Jack garda cette fleur, et il la donna à Jim avant d'arriver à Paris, pour que Micheline n'y trouve pas d'inquiétude.

Ils virent le portrait de Micheline. Elle y avait une

expression *pour Jack.* Il fut choqué qu'elle ait pu la prendre devant le peintre.

Ils partirent.

Jim fut envoyé en mission cinq mois en Amérique. Il échangea avec Kathe des lettres sans accrocs. Il revit quelques-uns de ses anciens flirts et il eût pu en amorcer de nouveaux. Mais il fut fidèle à Kathe, espérant qu'elle faisait de même.

V

LA CHAMBRE DU BONHEUR

Jim retrouva Kathe installée à Paris, dans une chambre, seule. Elle y étudiait ses chances pour sa carrière de peintre et de dessinatrice, devenue pour la famille un gagne-pain égal à l'apport de Jules. Elle le prenait au sérieux et gardait à Jim autant de rancune que de gré de l'y avoir précipitée.

Jim aimait ce qu'elle peignait, mais parfois il en était déconcerté, presque irrité.

La simplicité de la vie de Kathe, de sa mise, l'ordre dans son travail touchèrent et surprirent Jim. Elle n'était plus l'abeille reine, entourée de sa cour, mais pour un temps l'abeille ouvrière.

Après la première réserve qui leur était coutumière, ils se retrouvèrent.

Kathe vint habiter non loin de l'appartement de la mère de Jim, où il avait son bureau et sa chambre. Il passait la plupart de ses nuits chez Kathe.

Jim la présenta à de grandes Parisiennes. Elle était encore habillée de noir, dans une robe sobre, belle trouvait Jim, mais provinciale pour les autres. Kathe fut vite vêtue à la mode, et Jim le regretta.

Elle était pour de bon dans la même ville que lui, et

elle y travaillait comme lui. C'était une ère nouvelle, avec ses beautés et ses dangers. Ils ne s'étaient jamais vus que dans le cadre « vacances ». Maintenant leurs travaux et leurs emplois du temps s'affrontaient.

Ils allèrent faire un pèlerinage à l'endroit du plongeon dans la Seine.

Les dimanches, ils battaient les environs de Paris, cherchant une maison de campagne pour eux et pour *la famille* qui allait arriver. Jim crut plusieurs fois avoir trouvé la maison rêvée, mais Kathe, avec un instinct sûr, la rejetait. Ce fut elle qui découvrit ce qu'il leur fallait pour l'été.

La famille arriva, joyeuse, en bon état. En un tour de main Kathe l'installa, et ils reprirent leur vie tous ensemble. Jules faisait des traductions de longue haleine et il avait souvent besoin de Jim.

Jim réduisait au minimum ses relations et ses visites parisiennes. Il eut pourtant un gros heurt un matin, au réveil, avec Kathe. Elle le trouvait amateur, dispersé, peu concentré sur elle. Enervés par leur travail ils se signifièrent réciproquement un congé, qui dura quelques heures.

La maison contenait un billard. Ils faisaient des parties, après dîner, avec Jules qui jouait si drôlement. Kathe donnait des leçons de piano à ses filles et aussi à Jim, qui ne put jamais dépasser « le hachoir du charcutier ».

Kathe avait prêté jadis à Jim une bague d'or chinoise, un dragon tournoyant. Un soir, elle lui avait dit :

— Je l'ai prêtée aussi à Albert.

Jim, qui jouait avec la bague, l'avait aplatie entre ses doigts. Kathe, joyeuse, avait conservé la bague écrasée. Jim la fit restaurer, et elle réapparut à la main de Kathe.

Kathe trouva une autre maison plus chaude, pour l'hiver. Elle était dans un jardin et ils en occupèrent deux étages sur trois. Jules avait en bas un vaste bureau-salon, avec une longue table massive où prirent place ses gros dictionnaires et ses manuscrits. Levé tôt, il y passait ses journées. Ses yeux papillotaient dans la soirée, et il demandait à Kathe, indignée, la permission d'aller se coucher.

Le mobilier était soigné et vieillot. Les pièces étaient petites, sauf le bureau de Jules et la chambre de Kathe.

Cette chambre avait des meubles en chêne sculpté, tirant par endroits vers le jaune miel. Le lit était à colonnes avec un ciel en chêne. Les petits tapis semés ici et là, glissaient sur le parquet bien ciré. Devant une des fenêtres, un vieux paulownia contourné, dont Jim contemplait les feuilles à l'envers quand il s'étendait la tête en bas en travers du lit.

Tout cela était le contraire de leurs goûts mais, au bout de quinze jours, cette chambre reçut le nom de *chambre du bonheur,* tant elle accueillit bien Kathe et Jim, et tant ils y eurent de façon continue ce qu'ils appelaient leur sommeil-bloc. Le soleil couchant d'automne rougeoyait l'armoire en chêne.

Mathilde, qui n'avait jamais quitté l'Allemagne, était surprise de s'adapter aisément aux habitudes françaises. On mentait plus aisément en France, selon elle, et on exagérait davantage mais, une fois le pourcentage connu, ce n'était plus gênant du tout. Elle aimait nombre de gens de la ville, mais pas leur éloquence. Elle couchait, avec les filles, dans une chambre voisine de celle de Kathe. Jules dans son bureau, sur un bon lit-sofa.

Ils étaient bien ancrés là. Ils devaient y rester plus de deux ans. La chambre du bonheur mérita son nom pendant vingt mois. C'est *beaucoup*. L'odeur de miel de Kathe épousait la couleur miel du vieux chêne. Leur sommeil-bloc était un remerciement au Créateur.

Les filles surent vite le français et eurent des succès à l'école.

Y avait-il encore des ferments de trouble ? Ils semblaient en tout cas assoupis.

La mère de Jim était en voyage. Jim invita Kathe à passer une journée dans sa moitié d'appartement. Ce fut étrange pour lui d'avoir Kathe dans ce sanctuaire, imprégné de l'esprit de sa mère, si opposé à la vie qu'il menait avec Kathe.

Elle et Kathe, les deux caractères se valaient, comme indépendance et comme absolutisme. Mais sa mère n'avait été mariée que deux ans et était restée fidèle à la mémoire de son père. Elle vivait là, avec ses livres, ses réflexions et des visites d'amis. Elle trouvait Jim faible et dispersé.

Jim et Kathe ne firent que traverser sa chambre et son salon.

Ils allèrent un soir à un music-hall. Kathe dit à Jim, au milieu du spectacle :

— Reste là. Il fait trop chaud. Je vais prendre l'air un moment.

Son absence se prolongea, Jim s'inquiétait, une ouvreuse vint le trouver et lui dit :

— Monsieur, on vous demande.

— Qui ?

— C'est à propos de Madame.

Jim sortit avec l'ouvreuse, la suivit le long de corridors à tapis épais qui faisaient des étincelles électriques quand on traînait les pieds. Il trouva Kathe étendue par terre, sur le dos, la face ruisselante du sang coulant d'une longue plaie, à travers le front. Il la crut morte, assassinée. Par qui ?

Un homme qu'il n'avait pas remarqué se présenta :

— Je suis le médecin de service. Madame a dû avoir un évanouissement et elle est tombée la face en avant sur ce radiateur. J'ai inspecté la plaie, je ne la crois pas très profonde, mais un transport à l'hôpital s'impose. Elle est revenue à elle, a pu décrire votre place et vous-même.

Jim essaya de porter Kathe, mais son cœur flancha. Un machiniste trapu la prit sur ses bras et la porta comme une grande poupée jusqu'au taxi. Du sang gouttait à chaque pas.

« Comme c'est vite fait, pensa Jim... comme devant la locomotive... ce joli blondin poudré, bouclé, Kathe, et maintenant cette pièce de boucherie. »

Le machiniste refusa le billet tendu et souhaita bonne chance.

Ils roulèrent vers l'hôpital Beaujon. On porta Kathe à la salle d'urgence et sur la table d'opération.

— Rien de cassé, dit l'interne de service, pas même l'os du nez. Grosse déchirure frontale. On va la recoudre. L'hémorragie n'est rien. Veuillez sortir, Monsieur.

Jim attendit, devant une porte, qui s'entrouvrit après une demi-heure. Il entendit : « Donnez-lui un grog bien tassé... Oui, si elle peut avoir des soins à domicile, elle est transportable. »

On lui rendit une Kathe titubante, avec un énorme bonnet d'ouate autour de la tête et un pansement en croix sur la face. Les yeux s'ouvrirent, intacts.

Dans le taxi une voix désolée sortit du bonnet :

— Sera pas défigurée... sera pas défigurée... ils ont dit... les docteurs... sera peut-être bien laide tout de même !

Jim n'y avait pas pensé... pourvu qu'elle vive ! Il éclate de rire. Il embrasse le haut bonnet, qui se met à rire un peu aussi sous ses pansements, et à sangloter en même temps.

Comment Kathe a-t-elle pu tomber ainsi, comme une masse, elle si habile dans tous ses gestes, elle, danseuse de précision ?

Jim apprit à changer les pansements. Le gros turban de neige allait bien à Kathe. Les bourrelets de chair tuméfiée se réduisirent lentement. Il ne resta, après deux mois, qu'une sorte de coup de sabre blafard, et un souvenir bizarre, mi-ballet russe, mi-roman policier.

Kathe et Jim, au printemps, à la recherche d'une plage, poussèrent une pointe d'une semaine dans l'île d'Oléron.

Ils demeurèrent dans un grenier nu, avec un double lit, enfonçant, à trois paillasses superposées, et avec un grand crucifix de bois fruste. Ils parcoururent toute l'île mais ils revenaient toujours à la côte sauvage.

Un soir de brume Kathe voulut nager encore dans l'Océan, qui n'était pas farouche ce jour-là.

Jim n'aimait pas qu'elle s'éloignât ainsi dans la nuit. Il y avait des courants. Kathe promit de revenir vite, à cet endroit même.

Il marchait de long en large, portant sur son bras la chemisette et la jupe de Kathe, peu à peu mécontent de la longueur du bain.

Kathe était sans doute heureuse dans l'eau. Mais ne faisait-elle pas exprès d'inquiéter ceux qui l'aimaient jusqu'à ce qu'elle eût le spectacle de leur tourment ? — Cela réussissait toujours avec Jules, qui aurait déjà commencé à l'appeler, mais elle n'aurait pas dû faire cela avec lui, Jim, qui approuvait toutes ses fantaisies. La brume s'épaississait, la nuit était tombée. Il imaginait Kathe nageant dans le noir, ayant perdu la direction, épuisée et sombrant.

Cela avait bien duré une demi-heure. Jim songea à rentrer au village, à prévenir les pêcheurs — pour faire quoi dans cette nuit opaque ?

Peut-être Kathe attendrait-elle le jour sur un récif ? Peut-être retrouverait-on son corps sur le rivage ? L'Océan descendait, Jim le suivait. Il appela mais sa voix était couverte par celle des vagues.

Il se décida à partir et fit cent pas vers la forêt. C'était trop bête ! Il lança à tue-tête un juron contre Kathe.

Il entendit un tapotis de pieds nus et un gros juron chevrotant contre lui-même. C'était la voix de Kathe !

Elle arriva sur lui. Elle était revenue à peu près à son point de départ, avait passé non loin de lui, sans le voir dans le brouillard, et elle le cherchait plus haut, face à la forêt, tandis que Jim derrière son dos l'attendait, face à l'Océan. Elle était transie et convaincue que Jim voulait par plaisanterie la faire rentrer nue au village !

Elle lui sauta au cou, et ils ne rirent que le lendemain.

Ils eurent envie de voir la côte des Landes.

Ils prirent le train du soir à Paris et arrivèrent à l'aurore dans une petite ville sur le bassin d'Arcachon Ils avaient faim. Une écaillère étalait ses huîtres, petites et succulentes. Ils en mangèrent douzaine sur douzaine, arrosées d'un petit vin blanc qui semblait innocent. Kathe assoiffée en but, contre son habitude, plus que Jim.

— Fais attention au vin, Kathe !

— As pas peur, Jim !

Ils partirent sac au dos à travers la ville. Kathe se mit à chanter très fort. C'était joli, mais cela réveillait les gens. Jim le lui dit. Elle le remercia sincèrement mais elle recommença après un moment.

Ils arrivèrent au bout du pays, chez le douanier pour qui ils avaient une lettre d'introduction.

— Si la petite dame veut se reposer un moment dans un fauteuil ? dit la douanière en ouvrant la porte de leur grande chambre bien en ordre.

Kathe accepta.

Jim parla sur le pays avec l'aimable couple, dans leur salle à manger. Il fut temps de partir. La douanière frappa plusieurs coups à la porte de sa chambre. Pas de réponse. Elle se décida à ouvrir. Jim et le douanier la suivaient. Elle entra et s'arrêta avec des yeux ronds. Kathe, ses habits bien pliés sur une chaise, dormait du sommeil du juste, fourrée toute nue dans leur lit conjugal

Ils ne la réveillèrent pas. La douanière invita Jim et Kathe à un gai déjeuner. Kathe expliqua qu'elle avait eu des vertiges et qu'elle ne savait plus où elle était. Ils étaient fiers des effets du vin blanc de chez eux.

Kathe et Jim continuèrent sur un chemin de sable mou, parmi les sapins entaillés, jusqu'à deux huttes accotées. Là vivait une grande famille de résiniers. Une des huttes, construite pour un ami de Jim, leur fut prêtée. Le toit laissait percer quelques étoiles, mais la pluie ne pénétrait pas.

Ils allèrent le lendemain à la chasse aux grives de passage, et Kathe apprit à les tirer au posé. Elles tombaient comme des prunes. Ils découvraient le plaisir de chasser ensemble, et ils n'avaient à manger, comme viande, que le gibier qu'ils rapportaient.

Avec des résiniers ils allèrent aux palombes : d'un abri creusé dans le sable et recouvert de branches de pins ils tiraient des ficelles qui faisaient battre des ailes à des palombes prisonnières, fixées sur des planchettes aux sommets des arbres voisins, et des vols de palombes sauvages venaient se percher alentour. A un signal donné les fusils partaient ensemble. Cela parut vite trop facile à Kathe et à Jim, et ils préférèrent rester dehors sur un banc, pour tirer au vol les éperviers qui piquaient sur les appelants. Cela au moins c'était du tir, même quand on les manquait.

Le soir, il fit froid. Ils se grillèrent, nus, devant un grand feu de fagots de sapin.

Ils parcoururent dans tous les sens la dune haute de cent mètres et assez vaste pour que l'on y puisse jouer « au Sahara ». Au bord de l'Océan désert ils passaient des journées nus, et s'ensevelissaient tour à tour l'un l'autre dans le sable chaud, avec, pour respirer, deux petits cornets de papier dans les narines, qui seuls dépassaient, avec, parfois, deux boutons de seins. Ils firent un temple avec des bois flottés et des squelettes d'oiseaux.

Ils se croyaient Eve et Adam.

Ils se perdirent dans la forêt sans fin et partout identique, et ils furent obligés après des heures de vaines contremarches, de souffler dans la corne que les résiniers leur avaient remise en prévision de cet accident (pour eux hors de question) et qu'ils n'avaient emportée que par politesse. Seulement, comme on ne leur avait pas appris la sonnerie à exécuter, celle qu'ils inventèrent et répétèrent jusqu'à essoufflement ressembla par hasard à l'appel : « feu de forêt. » Des hommes accoururent des alentours, crurent avoir affaire à de mauvais plaisants et voulurent les mener en prison. L'arrivée de leurs amis résiniers les sauva.

Ce fut une joie, au retour, quand ils racontèrent à table leurs aventures, et étalèrent une drôle de pipe pour Jules et des gammes de coquillages, roses pour les filles, et noirs pour Mathilde.

Un matin ensoleillé Jim sortit de très bonne heure et se promena dans le jardin. Sur un poteau de bois vermoulu il aperçut une minuscule tache verdâtre qui lui sembla changer de forme. Il regarda de près : c'était une demi-boule, grosse comme un petit plomb de chasse, qui tour à tour s'étalait et se resserrait avec un ensemble parfait comme une compagnie de perdreaux qui tantôt s'aplatit et qui tantôt s'envole. Araignées ? Pucerons ? — Un petit oiseau picorait soigneusement un poteau voisin. Mangeait-il de semblables boules ? Jim approcha encore un œil. La petite boule s'étala plus largement et devint invisible dans les moisissures environnantes. Qui donnait le signal ? Jim fut ému et cette petite boule resta pour lui une image de leur maisonnée, tout entière régie par l'instinct de Kathe.

Les filles étaient assises sur l'herbe avec Jim.

— Dis donc, Jim, dit Martine, qu'est-ce qu'on fait quand on est mort ?

— Elle veut dire, expliqua Lisbeth : que font les âmes ?

— Elles sortent des corps, comme la libellule est sortie l'autre jour de sa larve, dit Jim.

— Oui, dit Martine, elles sèchent leurs ailes.

— Elles se groupent avec d'autres âmes, continua Jim, et pan ! elles migrent, tout droit, comme des anguilles, mais vers la lune.

— Qu'y font-elles ? dit Lisbeth.

— Elles réfléchissent et un beau jour elles filent vers des planètes de feu, de glace, et autres.

— J'aime mieux quand elles changent d'animaux, dit Martine.

— Ça c'est bon sur la Terre. Elles s'enfoncent ensuite parmi les myriades d'étoiles, dans la Voie lactée, où elles jouent à cache-cache avec le bon Dieu.

— Est-ce qu'elles le trouvent ? demanda Martine.

— Ce n'est pas sûr, dit Jim. L'essentiel c'est de jouer.

— Ah oui ! dit Martine.

— Non, dit Lisbeth.
— Et Maman ? demanda Martine.
— Maman vous rattrape toujours, dit Jim.

Le lendemain Kathe apparut, enthousiasmée, armée d'un livre qui venait de paraître.

— Enfin, dit-elle, voilà un homme qui dit tout haut ce que je pense tout bas : le ciel que nous voyons est une boule creuse, pas si grande que ça. Nous marchons debout, la tête vers son centre. L'attraction tire vers l'extérieur, sous nos pieds, vers la croûte solide dans laquelle cette bulle est enchâssée.

— Quelle épaisseur a cette croûte ? dit Jim. Et qu'y a-t-il au-delà ?

— Vas-y voir, Jim, dit Kathe... Qu'y a-t-il au-delà ? Ce n'est pas une question à poser entre gentlemen.

Tous rirent.

Le temps passait. Le bonheur se raconte mal. Il s'use aussi, sans qu'on perçoive l'usure.

Ce fut un événement pour tous quand Jim put offrir à Kathe une petite auto, une conduite intérieure tapissée d'un drap écossais bleu et brun. Kathe apprit vite à conduire. La voiture n'avait que trois places mais Kathe y entassait tout son monde, pour des pique-niques. Elle emmenait Jim avec elle le matin à Paris, et l'en ramenait le soir. Cela, au lieu du tramway rare et trop plein. Parfois toute la famille, Mathilde comprise, se mettait à nettoyer l'auto : on l'aimait comme un chien fidèle, et on inventait des légendes sur elle. Jim fit pour les filles un conte où la petite auto sauvait la vie de Kathe après l'avoir suivie toute seule dans la rue.

Jim fit un voyage en Grèce, où Jules lui manqua. Il n'alla pas revoir *le Sourire :* pour quoi faire ? Il avait l'original. Au retour il appela Kathe sur la Riviera. Elle arriva en deux jours, marche forcée pour la petite voiture. Et ils firent ensemble, à loisir, un demi-tour de France. Jim conduisait maintenant, et c'est entre ses mains que leur voiture rendit l'âme. Kathe prit avec raison parti pour elle contre Jim. Ils eurent une longue panne, et firent une excursion à pied dans les Pyrénées.

Dans une ville d'eaux, presque vide à cette saison, Kathe essaya l'établissement thermal, par curiosité. Jim vint la rejoindre dans une salle pleine de vapeur où régnait pourtant un courant d'air froid. Jim vit qu'une des vitres de la fenêtre manquait.

— Ça va bien, dit Kathe qui grelottait, je croyais d'abord que c'était exprès, et je ne m'enrhume jamais. Mais, dans mon pays, on punirait l'infirmière qui m'a mise ici pour un quart d'heure, car une vraie malade y serait restée.

En attendant l'auto ils lisaient un feuilleton anonyme dans la collection d'un vieux *Journal rural,* et ils y cueillirent des citations.

Ils repartirent.

Carcassonne, truquée, les attrista, mais ils découvrirent de petites places fortes pures et belles.

Ils eurent quelques ombres. Jim trouvait Kathe parfois rude envers certaines gens, il disait :

— Il ne faut blesser personne.

Kathe y vit une allusion possible à Gilberte :

— Si, dit-elle. Si l'on veut faire quoi que ce soit sur terre, il faut, comme un chirurgien, prévoir, et opérer à temps.

Ils rentrèrent à Paris

Jules eut des échos de leurs frictions. Il leur conta une histoire hindoue :

— Deux amants avaient en eux les tourments de l'amour et de la jalousie. Ils connurent ensemble le plus grand bonheur, et ils l'abîmèrent. Plusieurs fois ils se séparèrent et se retrouvèrent, plus épris qu'avant Mais ils se firent souffrir. Ils se quittèrent pour de bon Quelques années après, lui, le cœur brisé, voulut la revoir avant de mourir. Il la chercha, voyagea, pensant que, où qu'elle fût, sa beauté la rendait célèbre. Il la retrouva, étoile d'une troupe de danseuses qui menaient une vie légère. Il s'avança vers elle, il la regarda, et il ne trouvait rien à lui dire, des larmes coulaient de ses yeux. Il suivit la troupe et il contemplait son amie danser et sourire pour les autres. Il n'y avait en lui aucun reproche et il ne souhaitait d'elle que la permission de la regarder. — « Enfin, tu m'aimes vraiment ! » lui dit-elle.

Ils commentèrent ensemble cette histoire. Kathe était d'accord. Jim pensa à Manon et à des Grieux

Jules dit à Kathe :

— Ta maxime est : dans un couple, il faut que l'un des deux au moins soit fidèle : l'autre.

Il dit aussi :

— Si l'on aime quelqu'un, on l'aime tel quel. On ne veut pas l'influencer car, si on réussissait, il ne serait plus lui. Il vaut mieux renoncer à l'être que l'on aime que le modifier, en l'apitoyant, ou en le dominant.

Jim eût voulu mourir de Kathe. Survivre était une offense. Les mâles des araignées le savent, et leurs femelles aussi.

Et quand il y a eu une offense, les autres offenses s'enchaînent

VI

PAUL

> *« Après une longue période de beau fixe vient une période d'orages. On ne sait pourquoi. On a encore le beau temps dans les yeux — et pourtant le mois est gâté, la saison est gâtée, l'année peut-être est gâtée. »*
>
> (*Journal rural.*)

Kathe était assise derrière Jim qui était au volant de leur voiture. Kathe fit soudain une allusion à Gilberte, Jim ne répondit pas. Jim parla et à son tour Kathe ne répondit pas. Ils roulaient doucement à travers le Bois de Boulogne. Jim pensa que Kathe était fatiguée et qu'elle avait besoin de penser, il respecta son silence et s'appliqua à lui composer une jolie promenade.

Il pouvait la voir un peu dans la petite glace devant lui. Elle se pencha et prit la grosse canne de Jim. Il sentit s'accumuler derrière lui une menace. Kathe remua les mains. Il devina le coup, qui arriva, aussi fort que Kathe put le donner dans l'exiguïté de la voiture, sur l'oreille de Jim qui baissa la tête. Il crut sentir le sang couler, mais ses doigts restèrent blancs.

Etourdi, il saisit la canne, qu'elle lacha.

— Oh, Kathe ! dit-il.

Elle avait jugé son silence insultant, et voulu y mettre fin.

— Ah, lui dit-elle un jour, quand donc cesseras-tu de me donner des échantillons de toi, et me donneras-tu toi tout entier ?

— Ah, dit Jim, quand donc permettras-tu à notre amour de poursuivre sa coulée douce, au lieu de le trancher soudain comme le boulanger sa pâte ?

Un jeune homme fit son apparition dans la vie de Kathe, comme un gros insecte tout neuf tombé sur un balcon.

Elle le raconta à Jules et à Jim.

Elle l'avait rencontré un jour où elle faisait des courses avec Mathilde. Il les avait suivies près d'une heure, poliment, entrant derrière elles dans les magasins et regardant Kathe tranquillement à chaque occasion, et aussi Mathilde.

La deuxième fois Kathe était seule. Il s'était présenté à elle avec une aisance respectueuse, exprimant son désir de lui parler. Son air sérieux intriguait Kathe. Elle accepta de prendre le thé avec lui dans une pâtisserie. Il était grand, correct, distingué, épris de son art d'architecte. Il trouvait que le monde était inutilement compliqué et que les hommes employaient mal leur temps. Il voulait plus d'ordre, de netteté et des valeurs nouvelles. Il pensait que la tenue, la décision, la façon de se vêtir de Kathe étaient parentes de ses aspirations.

Jules et Jim furent d'avis qu'il avait raison : le sourire archaïque de Kathe contenait un jugement sur le temps présent.

Kathe le revit, et raconta encore. Il avait une jeune femme, svelte et grande, comme lui, mais qui ne partageait pas son souci de réformes. Ils étaient naturistes et fervents de natation. Ils n'avaient pas d'enfants.

Jules et Jim, d'après tout cela, le trouvaient sympathique, tout en pressentant que Paul (c'était son nom) allait servir entre les mains de Kathe de levier de manœuvre. Kathe avait accumulé des griefs. Une avalanche se préparait. Le temps d'Albert et de Harold pouvait revenir, avec des variantes.

Kathe éveilla lentement l'inquiétude chez Jim. Paul trouvait que le galbe des jambes de Kathe était symbolique. Y avait-il touché ?

Jim désira connaître Paul. C'était, paraît-il, réciproque. La rencontre se fit dans un café. Kathe fut à l'aise, et les deux hommes le furent presque. Paul était bien tout ce qu'avait décrit Kathe. Il ne faisait rien pour forcer l'attention. Mais il semblait fort capable de puiser de l'inspiration en Kathe d'une façon qui ne plairait ni à sa femme ni à Jim — et cela, impassible, sous leur nez.

Jim était décidé à laisser arriver ce qui arriverait. Il formait un petit rebord avec son cœur et avec ses mains autour de Kathe, pour qu'elle ne glissât pas en dehors par mégarde, mais il ne construirait pas de muraille.

Jules pensait : « Nous aurions pu beaucoup plus mal tomber. »

Jim se rappela une ancienne phrase de Jules à Kathe : « Chaque été, tu prends pour amant un autre de mes amis. »

Maintenant elle avait découvert Paul toute seule.

C'était la faute de Jules et de Jim. Ils n'étaient pas tout ce qu'il lui fallait.

Un soir Kathe et Jim s'habillèrent avec soin, prirent la petite auto et allèrent dîner en ville. Ils mangèrent pour une fois des mets épicés et burent du vin.

Ils allèrent à un vélodrome, rejoindre Paul et sa femme, pour voir boxer un nègre célèbre. Son adversaire était un petit Anglais dru et têtu. Le nègre malgré sa singulière maîtrise ne le battit qu'aux points, sans l'abattre. Le public fut déçu.

Au café, la femme de Paul se révéla plaisante, et, comme avait dit Kathe, un brin conservatrice. Kathe prit l'initiative. Paul fut sympathique et réservé.

Jim, sur le qui-vive, ne fut-il pas aussi prévenant envers Kathe qu'elle l'eût souhaité ? Elle aimait avoir un chevalier servant attentif.

Ils rentrèrent à la vitesse maxima de leur petite voiture, et ils prirent, comme chaque soir, leur bain en même temps.

Que se passa-t-il alors ? De quoi furent-ils punis ? De la nourriture excitante qu'ils avaient prise ? De leur participation animale à la boxe ?

Jim prit Kathe nue dans ses bras pour la renverser doucement, comme souvent, et pour l'embrasser.

Kathe résista. Jim força-t-il, trop sûr du consentement de Kathe? Enervée par les impondérables de leur soirée à quatre, Kathe se crut brutalisée et repoussa violemment Jim. Il vit devant lui sa figure terrible de colère. Elle empoigna un fer électrique pour le lancer sur lui. Ils allaient se blesser, dans cette étroite salle de bains. Il fallait faire vite. Jim lui donna du bout des mains une volée de coups rapides autour du visage, pour l'étourdir sans l'abîmer. Kathe tomba en arrière, dans leur chambre du bonheur. Jim entraîné sauta par-dessus elle et alla s'affaler sur le lit en portant une main à son cœur. Kathe, inquiétée par ce geste, courut à lui et le prit dans ses bras. Ils se turent ensemble, palpitants, et leurs souffles s'apaisèrent lentement. Ils s'endormirent.

Kathe resta couchée le lendemain, et Jim avec elle. La figure de Kathe fut à peine marquée. Elle raconta une chute aux enfants. Mathilde regarda Jim avec suspicion.

Ils étaient encore repris à fond par les remous de leur amour, mais cet amour portait à la nuque deux banderilles : Gilberte et Paul.

Jim n'avait jamais cessé de voir Gilberte, et Kathe voyait Paul.

Jim avait toujours son même credo : « Gilberte égale Jules. N'en parlons plus et soyons heureux. » Et Kathe en avait un nouveau : « Gilberte égale Paul. »

Que lui était Paul? Jim se le demandait intensément, mais sans espoir de jamais le savoir. Kathe, depuis le talion appliqué par Jim, ne lui avouait plus rien, et restait capable de tout. Dans l'art de la teinte elle était tellement supérieure qu'il ne la questionnait pas.

Kathe trouvait qu'il ne s'inquiétait pas assez de Paul : si le problème Paul laissait Jim froid, alors Kathe était libre envers Paul !

Il fallait donc qu'elle dosât le doute avec le plus grand soin.

Jim pensait : « Nous avons le bonheur dans cette maison. Si elle ne le voit pas, tant pis pour nous ! S'il lui faut constamment la bataille, je n'en puis plus. »

Une nuit la main de Jim rencontra entre le matelas et le bois du lit, derrière la tête de Kathe, un objet froid. C'était le revolver d'auto de Jim. Il ne dit rien et le cacha.

Jules, lui, ne se serait pas défendu : c'est pour cela que Kathe n'avait jamais envie de le frapper. Il contenait la paix, que Kathe dédaignait.

Kathe eut envie de prendre un appartement dans Paris, ce qui devenait nécessaire pour les études de ses filles et pour son travail. Elle le trouva. Jim eut le pressentiment qu'ils y seraient de moins en moins heureux. Il songea même à partir pour l'Amérique. Mais il se laissa persuader par l'activité et par la conviction de Kathe.

Ils firent leurs adieux à la chambre du bonheur, qui méritait moins son nom depuis l'apparition de Paul.

Pour meubler leur nouveau logis ils vendirent leur maison dans l'île. Ils l'aimaient tous, et aucun d'eux sauf Kathe ne l'avait vue. Elle était loin, et quand auraient-ils le loisir d'y vivre ?

Paul fut le décorateur sévère et fantaisiste du nouvel appartement. Chaque pièce avait ses quatre murs peints de quatre couleurs différentes, choisies juste.

VII

CRAQUEMENTS

> *« La paire de ciseaux, le canif, les lunettes s'égarent un beau jour, ils entendent votre voix, ils voudraient répondre : " Je suis là ! ", et ils ne peuvent pas. »*
>
> *(Journal rural.)*

Ils passèrent là plus de deux ans.

Jules accepta une situation dans son pays et il ne fut plus là qu'à intervalles, lui le Protecteur.

Kathe et Jim ne liquidaient plus leurs conflits par des heurts héroïques et immédiats. Un arriéré s'accumulait. Leurs points de vue sur Gilberte étaient irréductibles.

Kathe demeurait à trois minutes de chez Jim, à cinq de chez Gilberte. Les heures que Jim passait chez Gilberte devinrent plus apparentes, Kathe sentit cette proximité comme une épine. Il y eut une guerre sourde entre elles.

Kathe emmena Jim vers la Manche voir une maison pour l'été. Ils roulèrent dans la journée et arrivèrent à la nuit noire. Il pleuvait. Ils eurent une panne de phares.

Ils essayèrent de faire entrer l'auto par l'arrière dans la petite grange-garage. Ils ne purent y réussir. Ils éclairaient avec des allumettes, ils poussaient. En vain. Il s'acharnaient comme lorsqu'ils cherchaient ensemble un problème d'échecs. Ils crurent qu'une force singulière, un génie malin, s'opposait à eux. Ils cherchèrent à quatre pattes l'obstacle invisible, pavé ou borne, ne trouvèrent rien. Vexés, déprimés, ils allèrent se coucher à jeun, et ils parlèrent de l'événement, se racontant des histoires analogues de leur enfance, qui ne se résolvaient qu'étrangement. Ils se croyaient persécutés, parlaient de présages.

Ils s'éveillèrent tard, coururent à l'auto. Une poutre de la charpente, mi-tombée du toit, barrait un coin du haut de l'ouverture. Ils n'avaient pas tâté par là.

Jules, les enfants, Mathilde les rejoignirent, et la belle vie commença.

Le premier matin Jim, entre autres sports, fit avec Martine une série de trois cents coups au volant par-dessus la haie du jardin, sans un raté.

A déjeuner Kathe reçut un télégramme. Elle devait rentrer à Paris pour vingt-quatre heures.

— Je pars, dit-elle à Jim — ce qui voulait presque dire : Nous partons.

— Ah, dit Jim tout moulu et qui s'apprêtait à dormir, est-ce bien utile que j'y aille avec toi ?

« Aïe ! » pensa-t-il aussitôt, se rendant compte de l'énormité de ce qu'il avait dit.

— Soit ! dit Kathe. J'emmène Jules et Mathilde, s'ils le veulent bien.

Ils étaient contents de rouler avec Kathe, ce qui leur arrivait rarement.

Jim connut toute sa faute.

Il resta deux jours seul avec Lisbeth et Martine. Il les emmenait prendre l'apéritif, c'est-à-dire du sirop d'orgeat, à la terrasse, composée de deux tables rondes, du petit café près de la grande mare. Là elles observaient les mœurs des canards, elles s'indignaient contre la brutalité des coqs et échangeaient des réflexions où Jim retrouvait tour à tour l'esprit de Jules et celui de Kathe. Il s'amusait, mais n'était pas sans inquiétude.

Les trois revinrent contents de leur voyage et formant un bloc que Kathe souligna.

Peu après elle demanda à Jim s'il comptait aller voir Gilberte à la campagne, à l'automne, comme d'habitude. Quand Jim lui eut dit oui, elle l'expulsa, au début de leurs grandes vacances au bord de la mer.

Le reste de la ruche, qui n'était pas au courant, sentit confusément que Jim n'était pas d'accord avec leur reine : son départ était donc normal.

Ceci fut une vraie cassure pour Jim.

Gilberte savait la présence de Kathe. Elle avait consenti jadis tout de suite à ce que Jim épousât Kathe, pour avoir des enfants. Cela ne s'était pas fait, en dehors d'elle, et elle avait repris son espoir. Elle était malheureuse.

Jim aussi. Il ne pouvait pas abandonner Gilberte. Il fût devenu indigne à ses propres yeux. Il l'avait dit à Kathe dès le début, et cela n'était pas pris sur la brûlante part de Kathe. Toute sa bonne volonté, toute son intégrité, croyait-il, à ne pas donner à l'une ce qui appartenait à l'autre, échouaient devant la douleur de Gilberte et la colère de Kathe. Il n'avait pas perdu sa foi dans sa vision mais il ne croyait plus qu'elle se réaliserait sur terre.

Son amour pour Kathe avait traversé sa vie comme une comète éblouissante. Il le voyait parfois maintenant comme un cerf-volant pris dans des fils aériens. « Tout cela s'arrangera », disait-il encore. Sa mère qui connaissait un peu et Gilberte et Kathe, lui disait : « Rien ne s'arrange, et tout se paye. »

Il passait plus de soirées et plus de nuits chez sa mère, dans son lit d'étudiant, depuis que Kathe et lui se donnaient des congés volontaires, et il était là dans un port neutre, entre Kathe et Gilberte.

Jim estimait sa mère. Enfant, elle lui avait appris à ne jamais insister. Son oui était oui, son non était non, et Jim avait pitié de ses petits amis qui perdaient tant de temps en jérémiades pour fléchir leurs parents. Passé l'adolescence, sa mère n'eut plus d'influence sur lui, sinon en sens contraire, à cause de son apriorisme. Jim était un expérimentateur.

Il n'avait jamais voulu épouser aucune des jeunes filles qu'elle choisissait pour lui, et elle n'avait jamais approuvé celles qui auraient plu à Jim. Le foyer souple qu'elle lui maintenait constamment ouvert avait été la cause du célibat de Jim. Ils avaient leurs repas prêts, sur des plateaux, et ils mangeaient séparément à n'importe quelle heure, quand ils en avaient envie. Ils travaillaient chacun dans ses pièces et ils se faisaient de brèves et fréquentes visites.

Kathe donnait bravement et simplement quelques réceptions dans son petit « chez elle » (ce n'était déjà plus « chez nous ») à des artistes de son pays et de France. Jim s'y sentait superflu et il y assistait de moins en moins. Il ne pouvait admirer Kathe sans réserve que seule. En société elle devenait pour lui relative.

Parfois, au milieu du sommeil qui les unissait encore, Jim entendait la respiration de Kathe devenir sifflante et prendre un rythme lent, comme un soufflet de forge qui se gonfle et se dégonfle. Il s'inquiétait et il avait pitié, car il savait que Kathe était éveillée, en proie au tourbillon de ses pensées, et que cela aboutirait à une grande conversation stérile, qui durerait jusqu'au petit jour, peut-être jusqu'à un éclat violent de Kathe qui voudrait le frapper.

Kathe s'était acheté un petit revolver qu'elle gardait dans des cachettes, et elle ne dépendait plus de Jim pour cela.

Un matin, à l'aurore, à la suite d'une discussion sur Gilberte, assourdie pour ne pas réveiller les filles, Kathe bondit hors du lit, courut à la fenêtre ouverte et enjamba le petit balcon. Jim la vit nue, de profil, superbe, envisageant le vide des quatre étages et la courette en bas. Il eut le fol espoir qu'elle allait sauter... il sauterait sans doute après elle.

Kathe calmée par l'air froid revint se coucher.

Le printemps leur apporta un regain. Pendant presque un mois ils retrouvèrent leur doux bloc. Ils eurent même l'espoir d'un enfant. Kathe et Jules étant remariés, il ne pourrait porter que le nom de famille de Jules. « Qu'importe ? pensait Jim, ce sont là des lois extérieures et Jules consentirait encore. » Mais Kathe, élevée bourgeoisement (on ne l'aurait pas toujours deviné), ne pouvait s'y résoudre.

Jim fit dans le Midi un voyage avec un compatriote de Jack. Il pensa beaucoup à cet enfant et au portrait qu'avait peint Kathe : la petite tête blonde ébouriffée, avec un regard sérieux. Il était une fois de plus tremblant d'amour pour Kathe et pour le petit, dont la présence allait tout renverser et tout résoudre. Mais quand il revint l'espoir d'enfant avait disparu.

— Quand tout ira bien, dit Kathe, nous en aurons un bien à nous.

Mais ils n'avaient plus la foi totale.

L'amour, l'indifférence, alternaient en eux. Celle-ci gagnait du terrain, mais l'amour, quand il était là, balayait encore tout.

Kathe avait dit : « On n'aime tout à fait qu'un moment. » Ce moment revenait toujours.

— L'amour est une sanction que les hommes s'appliquent, avait dit Jules.

Kathe dut partir pour six semaines dans son pays, et il avait été convenu que Jim l'y conduirait. Mais quand il limita d'avance son absence à cinq jours, elle partit seule. Autre grande cassure.

Elle ne lui écrivit pas, ni lui à elle.

Il crut une fois de plus que tout était fini.

C'est beau de n'avoir ni contrats, ni promesses, et de ne s'appuyer au jour le jour que sur son bel amour. Mais si le doute souffle, on tombe dans le vide.

VIII

DÉCHIREMENTS

> *« ... un petit remords d'amour de rien du tout, qui avait grandi comme un chêne. »*
>
> *(Journal rural.)*

Jim eut le temps de méditer. Il avait porté la détresse autour de lui en voulant apporter la joie. Certes il faut des pionniers qui essayent des voies nouvelles. Mais ils doivent êtres humbles et sans égoïsme. Il avait été léger. Il devait maintenant réduire, morceau par morceau, le malheur qu'il avait causé, en payant sa première dette en premier : la promesse qu'il avait faite à Gilberte de « vieillir ensemble » était dans sa conscience, mais elle était sans date, et il pouvait la reculer à l'infini. C'était comme un faux billet. Donc il devait promettre à Gilberte de l'épouser, si elle le désirait, et quand elle le désirerait. Il n'avait plus d'espoir de mariage avec Kathe.

Il trouva dans un roman que Kathe lui avait prêté un passage marqué par elle. Une femme s'y donnait, en pensée, à son voisin de bateau. Cela frappa Jim comme une confession. C'était la façon de Kathe d'explorer l'univers, et cela devait amener des réalisations. Jim avait aussi cette curiosité éclair. Peut-être que tout le monde l'a. Mais il la dominait pour Kathe. Et il n'était pas sûr que Kathe la dominât pour lui.

Kathe revint et resta plusieurs jours sans l'appeler, ce qui fortifia la décision de Jim. Quand elle le fit, elle lui parla froidement. Jim en profita pour lui dire, ne fût-ce que pour la mettre à l'aise, ce qu'il songeait à faire pour Gilberte.

Ils étaient dans leur auto. Kathe conduisait. Elle sembla d'abord ne pas entendre, puis elle fit une large embardée. Jim attrapa le volant. Elle dit à Jim :

— Puisque tu as eu cette idée, il faut l'exécuter, et même si tu voulais changer d'avis, je te forcerais à le faire.

Jim dit que Gilberte n'espérait pas un changement immédiat dans leur vie. — Il s'attendait à de l'ironie, à de la violence, à un congé de Kathe. Mais non.

Elle lui avait pourtant déclaré quelque temps auparavant : « Maintenant que je t'aime moins... » ce qui est presque pire que : « Maintenant que je ne t'aime plus. »

A brève ou à longue échéance leur avenir était coupé. Kathe avait fait de la voltige avec *l'irréparable,* sans jamais, croyait-elle, avoir rien cassé en Jim, et voici que Jim s'y essayait à son tour, et du premier coup réussissait.

Désemparés, ils cherchaient dans quoi ils pourraient se réfugier. Ils ne trouvaient pas. Ils se réfugièrent, par habitude, une fois de plus, l'un dans l'autre, mais comme des condamnés. Ils eurent une de leurs reprises dont ils auraient dû mourir.

Kathe articulait tout haut la nuit, dans un demi-sommeil : « Gilberte n'espère pas un changement immédiat... »

Elle fit tout pour voir Gilberte, avec ou sans Jim. Elle écrivit à Gilberte des lettres calmes, puis enfiévrées, un mélange de franchise et d'ironie.

Jim la laissa faire.

« Qu'elles décident ce qu'elles veulent, pensait-il, et je le ferai, même une entrevue à trois, ce heurt de deux mondes — mais qu'elles se supportent, comme Jules et moi, et que je n'aie plus de remords envers l'une quand l'autre sourit ! »

La nuit Jim imaginait cette entrevue. Ce n'était jamais pareil. Parfois elles s'unissaient contre lui. Parfois, s'étant bien regardées, elles comprenaient et s'acceptaient. Parfois Kathe frappait Gilberte qui se défendait.

Jim eut un rêve : elles étaient là, comme deux longues masses nuageuses qui échangeaient des éclairs et qui glissaient comme des couleuvres lentes, dans une stratégie que Jim ne comprenait pas.

Gilberte répondit à Kathe une lettre posée : qu'elle ne la verrait jamais, qu'elle ne voulait pas donner un visage à son tourment.

Kathe trouva cette lettre en rentrant, tard, la lut et sauta dans son auto.

Jim était chez lui, près de s'endormir. Il crut reconnaître au loin la trompe de leur voiture et l'appel rythmé de Kathe.

Il courut à son balcon. Tout d'abord il ne vit rien.

Puis il aperçut l'auto de Kathe roulant parmi les arbres sur un terre-plein, descendant sur la chaussée, errant sur la place déserte, montant sur les refuges, frôlant les bancs et les lampadaires, comme un cheval sans cavalier, comme un vaisseau fantôme.

Il leva les bras et appela de toute sa force. En vain. Elle prit une avenue et s'éloigna.

Pas de taxi à la station en face pour la poursuivre.

Kathe ne parla de rien le lendemain.

Jules vint à Paris pour deux jours. Ils lui dirent séparément leurs angoisses. Il se rappela le temps où il était amoureux. Il évita de juger.

Il avait une grande chambre au septième étage, mais Kathe tint à ce qu'il prît sa chambre à elle, tout près de leurs filles, et elle alla coucher à l'hôtel, avec Jim.

Ils eurent un bref oubli de tout. Ils planaient dans le calme. Ils ne sonnèrent pas le valet de la journée. Ils ne mangèrent qu'eux-mêmes et deux petits pains que Jim avait dans sa poche.

Ce dernier donjon de leur amour se trouva attaqué lui aussi.

Une doctoresse, disciple de Freud, amie de Kathe, arriva et la vit souvent. Elle la questionna à sa manière. Kathe lui fit des confidences sur sa vie intime avec Jim, ce que Jim détestait. L'amie dit à Kathe :

— Il ne faut pas continuer ainsi. Cela donne à Jim une influence trop grande. Il faut changer tel point.

Kathe prévint Jim et changea ce point. Or il était, à leur insu, essentiel au moins pour Jim, et, sans qu'il le voulût, cela trancha la moelle de leur lien.

Leur bloc était fêlé. Il était comme une lune cassée, intacte en apparence, qui tournerait à sa place autour de la terre, les deux fragments adhérant ensemble, mais pouvant se disjoindre au premier choc.

Jim vit un dessin de Willette, représentant un ivrogne battant, avec un litre vide, sa jeune et jolie femme. Dessous, cette légende : « C'est dur à tuer, un amour. »

— Ah oui, soupira Jim, comme c'est dur !... Ce n'est peut-être pas possible ?

Il se rappela une pièce chinoise dans laquelle, au lever du rideau, l'Empereur se penche vers le public, et lui confie : « Vous voyez en moi le plus malheureux des hommes, parce que j'ai deux épouses : la première épouse et la seconde épouse. »

Ainsi eût-il pu dire.

En même temps il sentait toute cette souffrance comme superflue, comme un résidu de vieux âges, n'ayant rien à voir avec l'amour même.

IX

LA CLEF QUI TINTE

« Jamais deux sans trois. »

Jim fut présenté un jour, à son corps défendant, car il ne voulait pas connaître de nouveaux visages, à une jeune fille silencieuse, calme, diaphane, bien qu'ayant des hanches de mère, et qui lui sembla dans l'ombre de la mort. Elle s'appelait Michèle.

Il la revit. Auprès d'elle il oubliait le conflit des deux autres. Il était dans la paix. Elle lui disait sa vie. Il lui disait la sienne. Les deux étaient accidentées, comme les lignes de leurs mains. Ils se montraient des photos de leur enfance.

Elle avait une bibliothèque pleine de gravures anciennes, parmi lesquelles elle le guidait.

Non, elle ne se mourait pas d'une maladie, mais seulement de ce qu'elle n'avait pas trouvé le motif de vivre.

Il vint souvent chez elle.

Trois mois plus tard la mère de Jim s'éteignit après une dure agonie. Il passa les dernières semaines auprès d'elle.

Jusqu'à la fin l'index de sa mère reposant sur le drap fit légèrement : *Non,* quand le médecin ou la garde s'approchait pour lui faire une piqûre. Elle ne voulait pas qu'on lui voilât sa mort.

Jim, selon son désir, resta seul auprès du corps de sa mère. Il revit leur vie ensemble. Il la comprit mieux. Il relut un petit livre d'elle, qui parlait de Jim enfant.

Aurait-il jamais un fils, lui ?

Gilberte vint la voir dans la matinée.

Kathe après le déjeuner.

Michèle dans la soirée.

Elles furent silencieuses toutes les trois, et parfaites, chacune à sa façon. Chacune méritait mieux qu'un Jim.

Gilberte simple, Kathe intense.

Il sembla à Jim que Michèle s'entretenait avec sa mère. — De quoi ?

Il eut un éclair : c'est Michèle qui devait faire un fils. Ce fils la retiendrait sur la terre. Si elle en mourait, elle mourrait contente. Les forces et les faiblesses de Michèle n'étaient pas du même ordre que les siennes. Elles ne s'additionneraient pas. Elles se compenseraient. Leur fils serait mieux qu'eux. Gilberte avait été trop fragile. Kathe et lui consumaient malgré eux leurs enfants. Michèle comprendrait Gilberte ?

Il résolut de tout dire à Michèle et de lui demander si elle voulait bien.

Il le fit.

Elle dit : oui.

Il fallait l'annoncer à Kathe et à Gilberte.

Un beau matin, au réveil, Jim dit à Kathe qu'il avait quelque chose de long à lui conter. Les filles et Mathilde étaient en voyage. Ils étaient seuls. Ils s'installèrent dans leur lit.

Kathe ne connaissait l'existence de Michèle que comme collaboratrice de Jim dans quelques affaires d'art.

Jim lui dit avec soin toute son histoire avec Michèle, leur désir d'avoir un fils, et pourquoi.

Kathe écouta doucement, jusqu'au bout, bienveillante, comme émerveillée, et dit :

— La belle histoire, Jim !

Jim n'en revenait pas. Il n'avait jamais compris Kathe !

Puis les larmes de Kathe, immobile, coulèrent.

Enfin elle commença à s'indigner tout bas :

— Et moi, Jim, et moi, et les petits que j'aurais voulu avoir ? Tu n'en as pas voulu, Jim ?

— Si, Kathe, éperdument !

Et ses yeux le piquèrent.

Kathe était comme un agneau torturé.

— Ils eussent été beaux, Jim !

Et Kathe sanglota.

Jim eût voulu n'être jamais né, il respirait à coups profonds, comme Kathe parfois la nuit.

— Je suis une mère, Jim, une mère avant tout !

Jim pensa à ses deux « filles uniques ». Il allait parler encore de leurs mortels malentendus.

Kathe n'écoutait plus, elle pensait toute seule.

Sa figure pâlissait, ses yeux se creusaient, elle devenait une Gorgone.

Chacun d'eux voyait dans l'autre le meurtrier de leurs enfants.

Kathe dit doucement :

— Tu vas mourir, Jim. Donne-moi ton revolver. Je vais te tuer, Jim.

Jim songea à le faire, pour en finir. Il se mépriserait s'il ne le faisait pas.

Kathe continuait à demander le revolver comme une malade, s'étonnant que Jim tardât.

Elle se dressa sur son séant, regarda Jim, le vit hésiter.

— Tu es lâche, tu as peur : c'est l'heure!

Elle comprit que Jim ne voulait pas. Elle bondit à terre, vola à la porte d'entrée, la ferma à double tour et lança la clef par la fenêtre. Ils l'entendirent tinter sur le pavé de la cour.

Ceci fait elle marcha vers son secrétaire où devait demeurer son revolver.

Jim devina, lui barra le passage. Elle devint terrifiante, Jim eut peur, il était enfermé avec une frénétique. Elle avança sur lui et l'attaqua des ongles, des dents, de tout.

Jim lui saisit une main qu'elle dégagea aisément. Ses doigts étaient à cet instant plus forts que ceux de Jim et faillirent les tordre. Ce serait moins dur de résister à ses coups qu'à ses larmes.

Elle sauta sur lui.

A grand regret il frappa au menton, juste assez fort.

Elle tituba. Il la porta sur le lit. Il appliqua une serviette mouillée sur son visage. Elle revint à elle. Elle dit quelques mots. La crise de violence était passée.

De lourdes heures s'écoulèrent. Kathe était une victime convalescente, Jim un infirmier assassin. Ils pensaient, sans plus échanger leurs pensées. Jim croyait voir dans l'air des cristaux se former.

La porte restait fermée à clef.

Ils téléphonaient de temps en temps à l'amie de Kathe, mais elle ne déjeuna pas chez elle.

Jim surveillait Kathe dès qu'elle s'approchait du secrétaire.

Cet affrontement dura jusqu'au crépuscule.

Enfin l'amie répondit. Ils la prièrent de venir, de ramasser la clef et d'ouvrir.

Elle le fit, fut mise au courant.

— Vous êtes un criminel, dit-elle à Jim. Vous êtes d'accord là-dessus. (Jim haussa le sourcil et ne répondit pas.) Kathe a tout son sang-froid. Il y a des conséquences à tirer de votre rupture.

Ni Kathe ni Jim ne bronchèrent. Jim sentit que ce mot *rupture* faisait plaisir à cette femme... de quoi se mêlait-elle ?

— Kathe n'a pas mangé depuis hier, continua l'amie. Voulez-vous aller chercher de quoi dîner ?

— Oui, dit Jim. Mais je préférerais emporter le revolver.

— Il n'y en a pas ici, dit Kathe.

— Tu le jures ? dit Jim étonné.

— Je le jure.

Jim courut au secrétaire, le rabattit, ouvrit deux tiroirs, trouva le revolver et le mit dans sa poche. Déjà

Kathe était sur lui. Il la repoussa. Allaient-ils se battre encore ? — Non. — Kathe eut un sourire qui signifiait : « Bah ! J'ai le temps... »

Jim alla chercher le dîner, le rapporta. Etait-ce le dernier ? Ils mangèrent presque en silence, sans hâte.

Jim prit congé. Allait-il donner à Kathe le baiser d'au revoir, jamais omis ? — Elle tint son visage à distance, et ils se serrèrent la main.

Il attendrait que Kathe l'appelât.

X

LE DEUXIÈME PLONGEON DANS LA SEINE

Kathe télégraphia à Jules : « Besoin de toi. Viens. »

Jules fut ennuyé, prit le train en grognassant. Il pensait : « Kathe ne dit pas pourquoi. Ce doit être à cause de Jim. Ils pourraient bien me laisser tranquille ! »

Il s'endormit dans le wagon. Il vit un grand cheval alezan qui galopait. Un petite cavale vint courir à ses côtés, aussi vite que lui. Tantôt l'un, tantôt l'autre était devant. Entre-temps ils s'arrêtaient, se humaient, se mordaient, donnaient des ruades. Puis ils reprenaient leur train endiablé, sautaient des murs de plus en plus hauts, les franchissaient de justesse sous un ciel noir. Ils maigrissaient de fatigue, leur poil était long et fourré, et il y avait des reflets d'incendie dans le souffle de leurs naseaux.

Jules se réveilla : « Jim accepte maintenant la liberté de Kathe, comme j'ai dû l'accepter depuis longtemps... et cela Kathe ne le pardonnera jamais...

« Jim a été pour Kathe facile à prendre, difficile à garder. L'amour de Jim tombe à zéro quand celui de Kathe tombe à zéro, et il remonte à cent, avec celui de

Kathe. — Moi je n'ai jamais connu leur zéro ni leur cent.

« Pourquoi Kathe, si réclamée, a-t-elle, malgré tout, fait à nous deux le cadeau de sa présence ?... Parce que nous faisions une complète attention à elle, comme à une reine, parce que, à nous deux, c'est nous qui l'avons le mieux ce qu'on appelle aimée. »

Il se rappela la partie de dominos avec Jim, dans le train qui les menait vers Lucie. « Que serait-il advenu si Lucie avait voulu de moi ? J'étais bavard, fier de mon esprit. Lucie m'aurait-elle, avec sa sagesse, meulé autant que Kathe ?

« Qu'aurait-elle inventé ? Quel couple serions-nous devenus ? » — Et Jules se voyait vieux, comme le père de Lucie, se promenant dans le parc de la maison blanche, Lucie à son bras, vieillie, et elle glissait vers lui un regard observateur et bienveillant.

C'était trop beau.

Il se vit alors dans la grande maison de Lucie et de Jim mariés. Ils avaient des enfants. Tout coulait droit et doux, tout le monde travaillait dans un contentement calme, tous y étaient consciencieux et réguliers, même Jim. Jules y était aimé de tous.

Il se souvint ensuite d'une unique nuit qu'il avait eue avec Odile, à un de ses passages à Paris, quand tout fut fini entre elle et Jim.

C'est elle qui l'avait violé, et il s'était enfin laissé faire. Il s'était émerveillé comme un enfant à un arbre de Noël, et jamais ils n'avaient tant ri. Mais une nuit pareille, cela suffisait à Odile, et presque à lui-même.

C'était un échantillon, qu'il avait raconté à Jim. Et Odile le décrivit aux filles du café, qui firent à Jules des clins d'œil complices.

Kathe, Kathe, c'est en elle qu'il avait rencontré le réel, et il s'était brisé dessus.

Sitôt Jules arrivé, Kathe lui demanda, pour ses affaires, des conseils qui ne le convainquirent qu'à moitié. Elle le pria de téléphoner à Jim pour l'inviter à faire un tour à trois, le jour même, dans son cabriolet. Elle évita qu'ils puissent causer seuls.

Jim accepta.

Quel serait le programme ?

Kathe jouait avec la rapidité de sa voiture et commettait d'imperceptibles imprudences.

Jules était assis à l'arrière, comme toujours. C'était une atmosphère d'attente, comme celle de la promenade au bord du lac, avant la rencontre avec Harold.

Ils arrivèrent au bord de la Seine, en grande banlieue.

Kathe dit à Jules :

— Si tu veux rentrer à Paris à temps pour dîner avec cet ami, tu peux prendre le train à cette gare, Jules. Et elle stoppa au carrefour.

Jules descendit, vint à la portière. Elle l'embrassa gravement.

Puis elle lui dit, les yeux brillants :

— *Regarde-nous bien, Jules !*

Et elle démarra, emmenant Jim. Au lieu de prendre

à droite la belle route du bord de l'eau elle continua tout droit et s'engagea sur le pont étroit qui était en réparation.

Jim allait lui demander :

— Pourquoi prends-tu par là ?

Mais après tout cela lui était égal.

Jules les regardait.

Le tablier et le petit trottoir du pont étaient faits de planches fraîchement goudronnées.

A gauche, au milieu, il y avait une trentaine de mètres sans parapet, et plus loin des ouvriers travaillaient.

Kathe serra sur la gauche et sa roue avant vint frôler le bord du trottoir. Jim eut un soupçon.

Kathe remit sa voiture bien à droite. Les trente mètres seraient bientôt passés.

Elle accélère, braque à gauche à fond.

La voiture saute sur le trottoir, une roue, puis l'autre, vers le vide.

Trop tard pour redresser, même si Jim avait tenu le volant... et c'est Kathe qui le tenait.

Aucun geste ne servirait à rien. Alors autant n'en pas faire. Le filet de Kathe était bien tendu. Pas d'issue. Jim s'était méfié d'autres choses, pas de celle-là.

Et elle l'accompagnait !

Ah ! Elle l'aimait donc ?... Alors lui elle !

Elle tourna vers lui un regard camarade et malin, comme s'ils avaient le temps... comme s'ils partaient ensemble encore une fois pour un beau voyage.

Il disait, ce regard : « Tu vois, Jim... cette fois j'ai gagné. »

Le sourire archaïque n'avait jamais été si pur.

Kathe versa l'auto comme une brouette.

Un hurlement de Jules traça sur eux trois un triangle de feu.

Les secondes se multipliaient par mille.

Un loisir merveilleux s'étendit.

Le paysage se retournait. Jim sentait Kathe comme une idole rouge à côté de lui, tirant comme un aimant. Il se laissait couler vers sa splendeur. De chaque côté d'elle, dans l'ombre, en boule, une grosse araignée claire... mais non... cela bougeait... c'étaient les mains de Harold.

XI

LE FOUR CRÉMATOIRE

Jules eut un pressentiment quand Kathe lui dit : « Regarde-nous bien ! » et une angoisse quand il remarqua l'absence de parapet. Une fois de plus Kathe avait préparé son coup. La première embardée de la voiture à gauche fut timide, mais la deuxième lui arracha un cri et la voiture plongea vers l'eau.

Kathe avait non pas son heure, mais, mieux pour elle, son instant.

Jules espéra encore un Jim bondissant, une Kathe se dégageant et nageant comme une anguille... un bon truc de plus pour lui faire peur ?

La voiture renversée tomba sur les deux comme un couvercle, fit un *plouf !* éclaboussant dans la Seine en crue. Et rien ne réapparut.

Jules n'aurait plus cette peur qu'il avait depuis le jour où il connut Kathe, d'abord qu'elle le trompât — puis seulement qu'elle mourût, puisque c'était fait.

Kathe et Jim étaient dans le linceul de l'eau, non

enlacés par extraordinaire, et ils étaient morts parce qu'ils s'étaient désenlacés.

On retrouva les corps accrochés dans les buissons d'une petite île recouverte par l'inondation.

Jules les accompagna seul au cimetière.

Qu'avait-il aimé en eux ? Leur jusqu'au bout marchant sur tout, sur Jules et sur eux-mêmes. Leur *côté Jean-Bart,* disait Kathe.

Que n'avaient-ils eu des enfants sous son nom, puisqu'il le voulait bien ?

Ils ne laissaient rien d'eux.

Lui, Jules, avait ses filles.

« Tout ce qui s'est passé, se disait-il, entre les deux plongeons dans la Seine. Le premier, pour m'avertir... et pour séduire Jim. Le second, pour nous punir, et pour tourner la page. »

Il revoyait la Kathe du début, qui n'avait pas encore goûté au sang, Kathe enjouée, qui gagnait les courses en partant à : *Deux !* Kathe généreuse, irrésistible. Kathe sévère, invincible. Kathe-Alexandre, Kathe Rose-des-Vents, Kathe qu'il avait désarmée un temps par sa reddition, Kathe qui l'avait attaché un beau jour comme esclave à son char triomphal.

Flancs de Kathe lumineux et lointains pendant la guerre. La première permission... Fiasco de son pseudo-héros.

L'inanité de leur couple, pressentie par Jim. Mais ils avaient eu ensemble, à l'origine, un grand bonheur d'enfants qui lui échappait.

Jim et lui, pendant vingt ans, n'avaient pas eu un heurt. Ils constataient leurs divergences avec tendresse.

Cela arrive-t-il en amour ? Jules chercha un couple qui s'acceptât comme Jim et lui.

Jim lui avait pris Lucie et Kathe. Non. Jules les avait données à Jim pour ne pas les perdre et parce qu'elles étaient belles à lui offrir.

Jim puisait en elles sa certitude, et elles se nourrissaient de Jim avec un calme qui permettait à Jules de les contempler.

Kathe et Jim avaient poussé très haut leur culte réciproque qui s'usa quand il fut quotidien.

Avaient-ils aimé la lutte pour la lutte ? Non. Mais ils en avaient étourdi Jules jusqu'à la nausée.

Un soulagement l'envahissait.

Le fourgon arrivait au four crématoire.

Jules pénétra dans la deuxième enceinte.

Le cercueil de Jim était encore plus grand que nature, celui de Kathe un écrin à côté. Ils volèrent en flammes au fur et à mesure qu'ils entrèrent dans la gueule aveuglante des fours.

Au bout d'une heure le chariot de fer ressortit. Le squelette de Kathe, chauffé à blanc, suggérait encore sa forme. Elle ressemblait à une suppliciée triomphale.

Il s'éteignit et tomba en poussière. Un morceau du crâne subsista, friable. Un maillet d'argent l'acheva.

Puis ce fut le tour du long Jim, autre supplicié. Son crâne aussi eut un vestige.

Les cendres furent recueillies dans des urnes, et rangées dans un casier que l'on scella.

Seul, Jules les eût mêlées.

Kathe avait toujours souhaité qu'on jetât les siennes dans le vent du haut d'une colline.

Mais ce n'était pas permis.

Le Journal intime de Kathe a été retrouvé et paraîtra peut-être un jour.

I

JULES ET JIM

II

KATHE

III

JUSQU'AU BOUT

DU MÊME AUTEUR

Aux éditions Gallimard :

JULES ET JIM

DEUX ANGLAISES ET LE CONTINENT

COLLECTION FOLIO

Dernières parutions

2111.	Roger Nimier	*D'Artagnan amoureux.*
2112.	L.-F. Céline	*Guignol's band, I. Guignol's band, II (Le pont de Londres).*
2113.	Carlos Fuentes	*Terra Nostra,* tome II.
2114.	Zoé Oldenbourg	*Les Amours égarées.*
2115.	Paule Constant	*Propriété privée.*
2116.	Emmanuel Carrère	*Hors d'atteinte ?*
2117.	Robert Mallet	*Ellynn.*
2118.	William R. Burnett	*Quand la ville dort.*
2119.	Pierre Magnan	*Le sang des Atrides.*
2120.	Pierre Loti	*Ramuntcho.*
2121.	Annie Ernaux	*Une femme.*
2122.	Peter Handke	*Histoire d'enfant.*
2123.	Christine Aventin	*Le cœur en poche.*
2124.	Patrick Grainville	*La lisière.*
2125.	Carlos Fuentes	*Le vieux gringo.*
2126.	Muriel Spark	*Les célibataires.*
2127.	Raymond Queneau	*Contes et propos.*
2128.	Ed McBain	*Branle-bas au 87.*
2129.	Ismaïl Kadaré	*Le grand hiver.*
2130.	Hérodote	*L'Enquête,* livres V à IX.
2131.	Salvatore Satta	*Le jour du jugement.*
2132.	D. Belloc	*Suzanne.*
2133.	Jean Vautrin	*Dix-huit tentatives pour devenir un saint.*
2135.	Sempé	*De bon matin.*

2136.	Marguerite Duras	*Le square.*
2137.	Mario Vargas Llosa	*Pantaleón et les Visiteuses.*
2138.	Raymond Carver	*Les trois roses jaunes.*
2139.	Marcel Proust	*Albertine disparue.*
2140.	Henri Bosco	*Tante Martine.*
2141.	David Goodis	*Les pieds dans les nuages.*
2142.	Louis Calaferte	*Septentrion.*
2143.	Pierre Assouline	*Albert Londres (Vie et mort d'un grand reporter, 1884-1932).*
2144.	Jacques Perry	*Alcool vert.*
2145.	Groucho Marx	*Correspondance.*
2146.	Cavanna	*Le saviez-vous ? (Le petit Cavanna illustré).*
2147.	Louis Guilloux	*Coco perdu (Essai de voix).*
2148.	J. M. G. Le Clézio	*La ronde (et autres faits divers).*
2149.	Jean Tardieu	*La comédie de la comédie* suivi de *La comédie des arts* et de *Poèmes à jouer.*
2150.	Claude Roy	*L'ami lointain.*
2151.	William Irish	*J'ai vu rouge.*
2152.	David Saul	*Paradis Blues.*
2153.	Guy de Maupassant	*Le Rosier de Madame Husson.*
2154.	Guilleragues	*Lettres portugaises.*
2155.	Eugène Dabit	*L'Hôtel du Nord.*
2156.	François Jacob	*La statue intérieure.*
2157.	Michel Déon	*Je ne veux jamais l'oublier.*
2158.	Remo Forlani	*Tous les chats ne sont pas en peluche.*
2159.	Paula Jacques	*L'héritage de tante Carlotta.*
2161.	Marguerite Yourcenar	*Quoi ? L'Éternité (Le labyrinthe du monde, III).*
2162.	Claudio Magris	*Danube.*
2163.	Richard Matheson	*Les seins de glace.*
2164.	Emilio Tadini	*La longue nuit.*
2165.	Saint-Simon	*Mémoires.*
2166.	François Blanchot	*Le chevalier sur le fleuve.*
2167.	Didier Daeninckx	*La mort n'oublie personne.*
2168.	Florence Delay	*Riche et légère.*

2169. Philippe Labro	*Un été dans l'Ouest.*
2170. Pascal Lainé	*Les petites égarées.*
2171. Eugène Nicole	*L'Œuvre des mers.*
2172. Maurice Rheims	*Les greniers de Sienne.*
2173. Herta Müller	*L'homme est un grand faisan sur terre.*
2174. Henry Fielding	*Histoire de Tom Jones, enfant trouvé,* I.
2175. Henry Fielding	*Histoire de Tom Jones, enfant trouvé,* II.
2176. Jim Thompson	*Cent mètres de silence.*
2177. John Le Carré	*Chandelles noires.*
2178. John Le Carré	*L'appel du mort.*
2179. J. G. Ballard	*Empire du Soleil.*
2180. Boileau-Narcejac	*Le contrat.*
2181. Christiane Baroche	*L'hiver de beauté.*
2182. René Depestre	*Hadriana dans tous mes rêves.*
2183. Pierrette Fleutiaux	*Métamorphoses de la reine.*
2184. William Faulkner	*L'invaincu.*
2185. Alexandre Jardin	*Le Zèbre.*

Impression Bussière à Saint-Amand (Cher),
le 10 septembre 1990.
Dépôt légal : septembre 1990.
1er dépôt légal dans la collection : mars 1979.
Numéro d'imprimeur : 2779.
ISBN 2-07-037096-8./Imprimé en France.